누구나
쉽고 재미있게 보는
# 손금

# 손금

초판 1쇄 인쇄_ 2011년 3월 25일 | 초판 1쇄 발행_ 2011년 3월 31일
지은이_김태균 | 펴낸이_진성옥 · 오광수 | 공급처_꿈과희망 | 펴낸곳_올댓북
디자인 · 편집_김창숙, 박희진 | 마케팅_김진용 | 인쇄_보련각
주소_서울특별시 용산구 원효로 1가 112-4 디아뜨센트럴 217
전화_02)2681-2832 | 팩스_02)943-0935 | 출판등록_제1-3077호
http://www.dreamnhope.com| e-mail_ jinsungok@empal.com
ISBN_978-89-94648-07-1  03810 | 값 6,500원

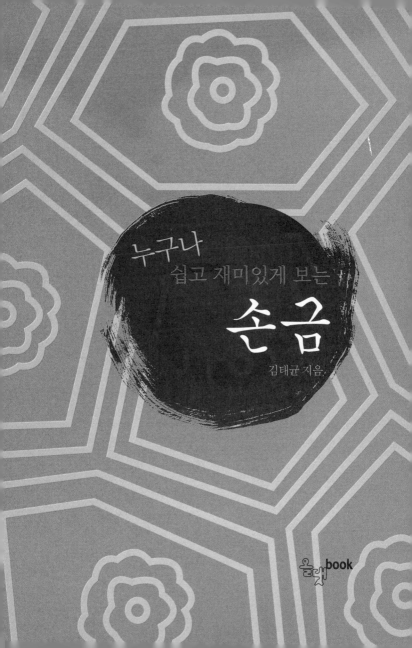

누구나
쉽고 재미있게 보는
# 손금

김태균 지음

햇빛book

| 목차 |

# 1
# 기초편
## 기초 지식을 알아야 응용이 가능하다

손 안에는 우리네 인생을 투영할 수 있는 여러 가지 모습이 담겨 있다. 수많은 손금과 형태를 미리 알고 삶을 살아간다면 희망도 가질 수 있고, 나쁜 일에 대해 미리 예방도 가능할 것이다. 인생을 살아가면서 무엇보다 중요한 것은 얼마만큼 노력하고 도전하느냐에 따라 결과가 달라진다는 것이다. 손금에 따라 운명이 정해지는 것으로 단정짓지 말고 손금을 하나의 길잡이로 하여 자신의 운명을 개척해 나간다면 우리는 성공한 인생을 살 수 있을 것이다.

## (1) 가장 중요한 3대선이란?

3대선(생명선, 두뇌선, 감정선을 말한다)은 대체로 비슷한 위치에 있지만 사람마다 선의 위치나 모양, 길이 등이 약간씩 다르다. 수상학에서 3대선은 기본선에 해당하고 다른 선에 비해 굵고 뚜렷하며, 수상을 판단할 때 기본을 이루는 매우 중요한 선이다.

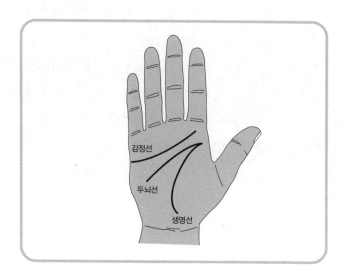

모양은 굵고 뚜렷하면서 길게 뻗은 것이 좋고, 나쁜 뜻을 나타내는 무늬나 기호가 중간에 없어야 하고, 선의 색깔이 피부색의 담홍색을 띠고 있으면 좋은 뜻으로 풀이할 수 있다. 그러나 그렇지 못한 경우에는 부정적이고 나쁜 뜻으로 풀이될 수 있다.

### 생명선 生命線

생명선은 엄지손가락과 검지손가락 사이에서 출발하여 엄지손가락을 끼고 손바닥 안쪽을 반원형으로 둘러싸면서 손목 부근까지 이어지는 굵은 선이다. 생명선은 수명의 길고 짧은 것과 건강 상태를 나타내는 선으로 3대선 가운데 가장 중요하다. 좋은 생명선은 선이 굵고 뚜렷하면서 길게 뻗어나가야 하고, 중간에 선이 끊어지거나 나쁜 뜻을 나타내는 무늬나 기호가 없어야 하며, 금성구를 감싸면서 손목까지 선이 깨끗하게 돌아나가야 하고 아름다운 담홍색을 띠고 있어야 최고의 생명선이다.

## 두뇌선頭腦線

두뇌선은 '지능선'이라고도 하는데, 출발은 생명선과 대체로 같은 곳에서 시작한다. 즉 엄지손가락과 검지손 가락 사이에서 출발하여 손바닥의 한가운데를 비스듬하게 가로질러 월구 쪽으로 뻗어나가는 선이다. 동양 수상 학에서는 인문(人紋)이라고 하여 자기 자신을 나타내는 데, 두뇌의 발달 정도를 나타내고 지능 상태, 정신력, 의 지력, 판단력, 직감력 등을 나타낸다.

## 감정선感精線

감정선은 '애정선'이라고도 부른다. 감정선은 동양 수상학에서 3대선 가운데 가장 위쪽에 있는 손금을 말한 다. 새끼손가락의 아래 옆부분에서 출발하여 두뇌선의 반대 방향으로 뻗어나간 굵은 선으로, 감정선은 사람의 감정이나 애정 관계를 나타내고, 가정적인 면과 결혼운 등을 알려주는 중요한 선이다.

## (2) 손가락 모양에 따른 건강 상태

손가락이 우리 몸 속의 장기 중 각각의 부분을 담당하고 있기 때문에 손가락으로도 건강을 알 수 있다. 이런 각각의 손가락을 잘 살펴보면 건강 상태를 파악할 수 있다.

### 엄지손가락

손가락 가운데 가장 으뜸이다. 엄지손가락이 튼튼해야 모든 것이 잘 풀리고, 엄지손가락이 튼튼할수록 삶의 활기가 넘치는 사람이다.

### 집게손가락

위장, 간장 등 주로 소화기 계통을 뜻한다. 손가락이 길고 단단하면 장의 상태가 좋다는 뜻이고, 반대로 손가락이 짧으면 소화기가 약하다는 것을 뜻한다.

### 가운뎃손가락

가운뎃손가락은 순환기 계통을 뜻한다. 특히 심장, 혈관 등 순환기 계통과 신장의 상태를 나타내는데, 이 손가락이 길고 단단하면 순환기 계통이 튼튼하고, 손가락이 짧으면 순환기 계통이 약하다는 것을 뜻한다.

### 약지손가락

약지손가락은 신경계 계통을 뜻한다. 이 손가락이 집게손가락보다 길면 신경계 기관이 튼튼하고, 반대로 손가락이 짧으면 신경계 기관이 약하다는 뜻이다.

### 새끼손가락

새끼손가락은 주로 생식기 계통을 뜻한다. 이 손가락은 성적인 것과 관계가 깊고, 자손과도 관계가 깊다. 물론 손가락이 길고 단단한 것이 좋다.

**손톱의 초승달**

손톱의 뿌리 쪽에 초승달처럼 생기고 흰색을 띠는 부분을 말한다. 손톱의 초승달을 보면 그 사람의 건강 상태를 알 수 있다. 손톱의 뿌리 부분을 보면 초승달 모양이 커졌다 작아졌다 하거나 모양이 약간씩 변하기도 한다. 가끔 흰색 부분이 안 보이는 경우도 있는데 건강이 좋지 않으면 초승달 부분이 없어지기도 하고, 건강 상태에 따라 손톱에 가는 줄이 생기는 경우도 있으니 항상 주의해서 살펴봐야 한다.

## (3) 손의 색깔에 따른 건강 상태

사람마다 얼굴 모양이 다르듯이 손의 모양도 다르고 손톱과 손의 길이, 심지어 손의 색깔도 모두 다르다. 손은 사람마다 색깔이 다르고 날씨의 변화에도 영향을 받는다. 건강 상태에 따라서도 손의 색깔이 변하곤 하는데 이런 손의 색깔에 따른 건강 상태를 살펴보자.

### 분홍빛 손

분홍빛 손은 건강 상태가 아주 좋다는 뜻이다. 뿐만 아니라 몸과 마음이 모두 건강한 사람이다. 인간 관계도 좋고 살아가면서 크고 작은 질병이 매우 적은 편이다.

### 초록빛 손

이런 손은 대부분 혈관이 밖으로 튀어나와 생기는 현상으로, 순환기와 소화기 계통이 좋지 않은 사람이다. 손등이 초록빛이면 순환기 계통이 나쁘고, 손바닥이 초록빛이면 설사를 자주 하는 사람이다.

### 흰색 손

손이 너무 하야면 새하얗게 질린다는 표현을 쓰기도 하는데 삶의 기력이 없는 사람에게서 많이 나타난다. 몸과 마음이 모두 지친 상태이므로 삶의 활기를 찾는 것이 중요하다.

### 황색 손

손이 황색을 나타내면 간장이 매우 좋지 않은 사람이다. 특히 스트레스를 받아 피로가 누적된 사람에게서 많이 나타난다.


## (4) 오른손과 왼손의 의미

### 왼손

왼손에 나타나 있는 손금은 선천적인 성격과 타고난 재능 등을 판단한다. 이를 참고로 하여 현재의 직업이나 성격, 건강 상태 등을 파악할 수 있고, 오른손의 손금과 비교하여 원인을 분석하는데 기초 자료로 활용한다.(여성의 현재와 과거, 남성의 과거를 나타낸다)

**오른손**

오른손에 나타나 있는 손금은 후천적인 것을 나타낸다. 그러나 왼손의 손금과 비교하면서 선천적으로는 어떤 성격이나 운명을 갖고 태어났지만 후천적인 영향이나 변화로 어떻게 변해 가는지, 그리고 앞으로는 어떠할 것이라고 판단하게 된다.(남성의 현재와 미래를 나타낸다)

## (5) 손 모양으로 보는 성격과 운세

**손의 형태**

사람마다 손의 형태가 다르기 때문에 겉으로 나타나는 손의 형태에 따라 기본 성격을 파악할 수 있다.

- 거칠고 딱딱한 손 : 예민하지 않고, 원만한 성격
- 부드러운 손 : 명랑하고 활발한 성격
- 거친 피부 : 둔감하고 난폭한 성격
- 부드러운 피부 : 민감하고 고상한 성격

## ■ 희고 가느다란 손가락

상대방의 마음을 잘 이해하는 사교적인 낭만주의자

**모양** : 손톱 끝으로 갈수록 좁아지는 늘씬한 손가락이며 마디는 거의 보이지 않는다. 엄지손가락이 작고 손톱은 가늘고 길다.

**성격과 운세** : 이런 손을 가진 사람은 몸매도 날씬한 경우가 많다. 현실감이 부족한 편이고, 로맨틱하고 화려한 것을 좋아하므로 사치와 허영을 즐기기도 한다. 남에게 의지하려는 성향이 강하고 사람을 쉽게 믿어서 속기도 잘 하고 상처도 잘 받는다. 기분에 따라 행동하고 감정을 쉽게 드러내는 일이 잦다 보니 다소 신경질적인 편이다. 그러나 색채 감각과 감정을 색채로 표현하는 재주가 탁월해 미술가로서의 기질이 뛰어나다. 감각이나 아이디어가 남다르게 뛰어나 문학이나 예술, 음악에 대한 이해력이 높고, 섬세한 감성을 지닌 예술가 타입이 많다. 두뇌선이 발달해 있다면 예술가, 소설가, 연예인 등의 직업이 잘 어울린다.

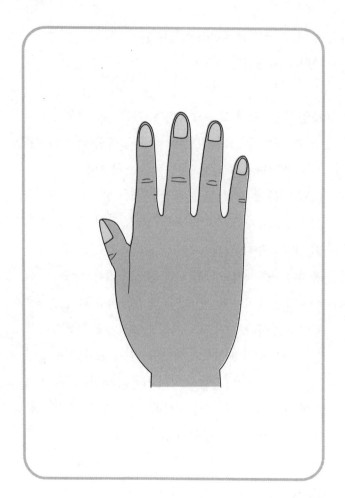

## ■ 크고 두툼한 손바닥에 짧은 손가락

성실하고 정직한 생활인

**모양** : 손바닥이 크고 두툼하며, 손가락은 짧으면서 굵다. 피부는 거칠고 투박한데다 거무스름한 편으로 손톱까지 짧고 단단해서 예쁘게 보이지는 않는다.

**성격과 운세** : 이런 손을 가진 사람은 성실하고 정직한 성품의 소유자다. 소박하고 단순해서 깊이 생각하고 싶어 하지 않는다. 심지어 잔머리 굴리는 것을 싫어하고 융통성이 부족해서 손해를 보는 경우가 많다. 감수성이나 순발력과 재치가 떨어지는 대신 본능적인 감각은 매우 뛰어난 편이다. 이런 경우 자칫 돌발적이고 감정적인 행동을 하여 난처한 상황에 처할 수 있으므로 냉철한 판단력을 길러야 한다. 감정 표현이 서툴러 대인관계에 어려움이 생길 수 있다. 그러나 체력이 강하고 정이 많아 한번 사랑에 빠지면 순정을 다 바치는 일편단심형이다.

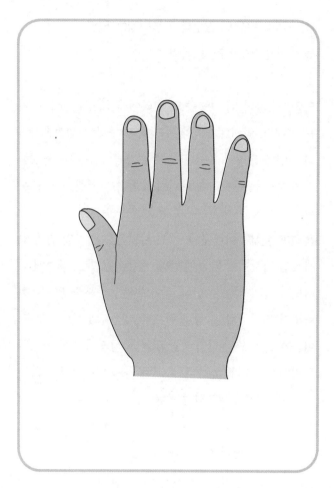

## ■ 손가락 끝으로 갈수록 가늘어지는 모양
표현이 풍부한 예술가 타입

**모양** : 손바닥 위쪽은 좁고, 뿌리에서 끝으로 갈수록 가는 형태다. 엄지손가락의 뿌리 쪽이 둥글고 새끼손가락의 선이 부드러워 보인다. 손과 손가락 모두 둥근 느낌을 주며, 마디는 두드러져 보이지 않는다. 대부분 귀엽고 통통한 느낌을 주며 색깔은 붉은 기운을 띤다.

**성격과 운세** : 이런 손을 가진 사람은 본능적인 면과 감각적인 직감력이 탁월한 반면, 충동적인 면도 강하게 나타난다. 감수성이 예민하고 이해력이 풍부한데다 표현력까지 뛰어나다. 감정 표현으로 사람들의 마음을 움직이는 예술가 관련 직업과 잘 맞는다. 성격이 밝아 파티나 모임에서 인기를 얻는다. 그러나 자기 위주로 행동하는 것이 단점이다. 천부적인 좋은 아이디어를 갖고 있으면서도 실천으로 옮기지 못하는 나약한 면이 있다. 이를 보완할 수 있는 방법을 찾아내면 금상첨화다.

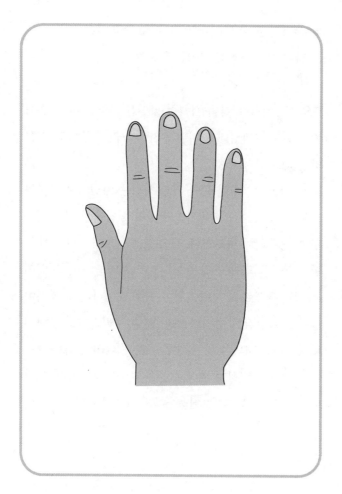

## ■ 손가락 끝 부분이 넓적한 주걱 모양

추진력 있고 자신감 넘치는 활동가

**모양** : 손가락 끝이 주걱처럼 넓적한 모양을 하고, 손목 쪽에 있는 손바닥이 넓거나 손가락 뿌리 부분이 넓은 모양을 하고 있다.

**성격과 운세** : 이런 손을 가진 사람은 자신이 생각하는 것이 실현 가능한 내용이면 말없이 실천에 옮기는 행동파 가운데 많이 나타난다. 실속 있는 성격이기 때문에 본인은 물론 직장에도 많은 이익을 가져다준다. 무슨 일이든 정력적으로 하며 창의력이 매우 뛰어나다. 의지력이 강하고 자신감이 넘치다 보니 일을 무리하게 진행하여 주위로부터 비난을 받는 경우도 있다. 여성의 경우 재주가 많고 부지런하며 지혜로움을 겸비한 타입이다. 그러나 잔소리가 많으니 자제하도록 유의해야 한다.

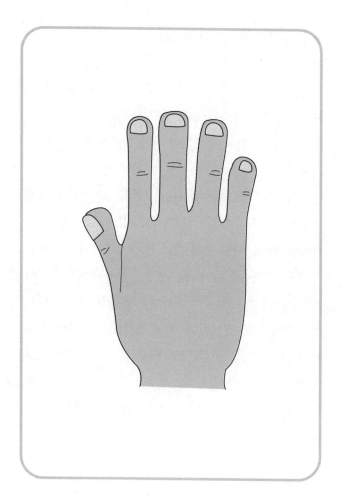

## ■ 크고 손가락 마디가 툭 불거진 모양
강력한 인내심을 가진 학자형

**모양** : 손가락 마디가 불거져 튀어나와 보인다. 대부분 손이 길고 큰 편이며, 손가락 끝은 원추형을 하고 있다. 손톱은 길고, 푸르스름한 색을 띤다.

**성격과 운세** : 이런 손을 가진 사람은 현실보다 이상을 추구하는 경우가 많다. 특정 분야를 깊이 있게 연구하는 학자들한테서 이런 손을 많이 볼 수 있다. 체형은 마른 편이 많다. 생각을 깊이 하는 경향이 강하기 때문에 어떤 어려움이 닥쳐도 묵묵히 견뎌나가는 강철 같은 인내심의 소유자가 많다. 그러나 때로는 고집불통 같은 모습을 보이기도 하고, 좋고 싫은 것이 분명해 대인관계가 폭넓지 못한 면이 있다. 정신적인 면을 강조하다 보니 현실에서 실천력이 부족하고 생활력이 떨어지는 면이 나타나는 단점이 있다.

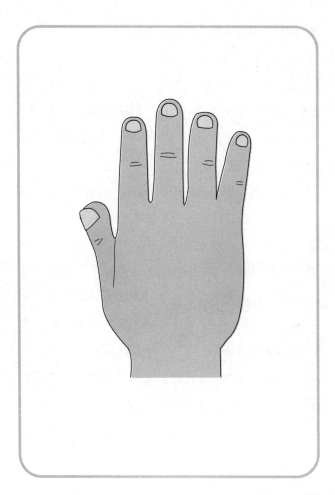

## ■ 손바닥 아랫부분이 네모난 모양

현실을 중요시 여기는 실속형

**모양** : 대체로 손이 크고 손바닥 아랫부분이 네모난 형태다. 손가락은 원통처럼 생긴 가장 흔히 볼 수 있는 손의 형태라고 할 수 있다.

**성격과 운세** : 이런 손을 가진 사람은 사고방식이 보수적이고, 사회생활과 가정생활을 원만하게 해나가는 타입이다. 그러나 이런 손은 같은 모양이라도 남녀의 장단점이 다른 것이 특징이다. 남자는 이상보다 현실을 따지는 실속형으로, 분위기를 맞추지 못하고 융통성이 떨어진다. 튀는 아이디어나 빠른 두뇌 회전은 좀 떨어져도 성실하고 강한 의지력으로 열심히 도전하는 타입이다. 하지만 한번 고집을 부리면 손해 보는 걸 알면서도 밀어붙이는 완고한 면이 있다. 여성은 가정적이고 살림 솜씨가 좋다. 육아에 관해서도 적극적이며 모성애가 강하고 부지런하다.

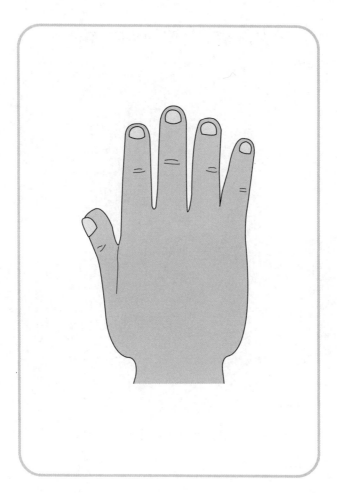

## (6) 기본선을 알아야 운세 파악이 쉽다

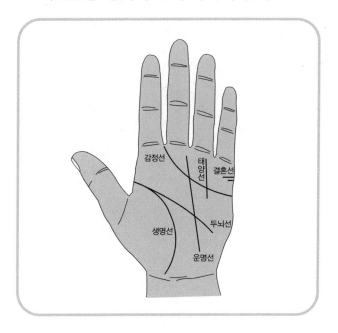

**생명선**

손금으로만 인생을 파악한다면 가장 중요한 선이 바로 생명선이다.

결혼, 연애, 그리고 결혼하기까지의 과정과 연애하는 동안 알아두면 도움이 되는 과정, 건강, 운명, 생로병사 등 인생의 모든 것이 나타나는 손금으로 가장 중요한 선이다.

생명선은 인생의 모든 과정을 담고 있는 손금으로, 손금으로 인생의 운세를 파악하려면 반드시 잘 살펴봐야 한다. 생명선은 선이 굵고 끊어짐이 없이 길고, 진하게 나타나는 것이 좋은 손금이다.

### 운명선

손금에 있어서 생명선 다음으로 중요한 선이 바로 운명선이다. 생명선이 생로병사 등 인생의 전반을 알려준다면, 운명선은 인생을 살아가는 과정의 희노애락을 알려준다.

운명선을 통해 인생에 있어서 전환기, 결혼 및 이혼의 때, 운수, 부귀영화 등을 살펴볼 수 있다. 그리고 운명선은 그 사람의 성공 여부를 알려 주는 뚜렷한 선이므로 운명선이 강하게 장지(가운뎃손가락) 쪽으로 뻗어나가면 그 사람은 성공할 확률이 아주 높다는 것을 알 수 있다.

### 두뇌선

두뇌선은 인간의 두뇌에 영향을 미치는 선이다. 사람의 사고방식이나 두뇌 활동과 관련된 손금으로, 적당한 직업을 알 수 있는 선이다. 또한 사람의 생각, 성격, 생각과 성격에 맞는 적합한 직업을 알아 볼 수도 있다.

### 감정선

감정선은 감정 상태, 감수성, 인간관계의 태도, 애정 성향 등을 살펴볼 수 있는 손금이며, 사람의 성격 외에도 이성과 관계된 운과 사람의 감정을 알아 볼 수 있는 손금이다.

### 태양선

태양선은 손바닥의 한 곳에서 운명선처럼 세로로 약지손가락(넷째손가락)으로 향하는 선으로, 태양선이 출발하는 위치는 사람마다 다르게 나타난다. 태양선은 사회 생활을 하면서 얼마나 성공하는가에 대한 기준을 나타내는 손금이다. 재력, 명예, 인기, 성공 등 세상을 살아가면서 가장 기운을 강하게 받는 손금이다. 그래서 다른 손금과는 달리 태양선은 모든 사람에게 나타나지는 않는다. 만일 자신의 손바닥에 태양선의 손금이 나타나 있다면 이것은 큰 성공의 여부를 알려 주는 것이다. 태양선은 과거의 운명에 따라서 주로 나타난다 할 수 있다. 그러나 전생에 좋은 일을 많이 하거나 조상이 덕을 많이 쌓았다고 꼭 나타나는 것만은 아니다. 현재 자신에게 충실히 하고 열심히 노력하여 성공을 한다면 나타날 수도 있다.

태양선을 보면 인간의 운명은 인간 스스로 개척해 나가는 것이라는 말이 맞다는 것을 깨닫게 해준다.


## 결혼선

결혼선은 감정선과 새끼손가락 사이에 평행선처럼 난 손금으로 손의 옆쪽에서 손바닥쪽으로 생긴 선이다. 이

선은 결혼에 관련된 일을 알아보는 선으로, 애정운, 결혼운, 이성운을 나타내는 손금이다. 결혼 시기, 배우자에 관련된 것, 자녀와 관련된 운 등을 알아 볼 수 있는 선이다.


## (7) 팔구(손바닥의 언덕)에 대해서 알아보자

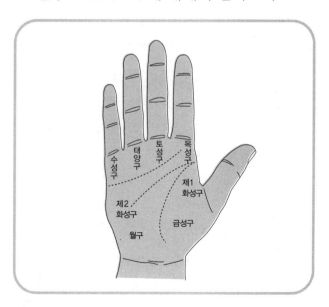

## 수장팔구手掌八丘 해설

손바닥의 8군데 언덕을 '수장팔구'라고 한다. 손을 펴서 손바닥을 보면 손바닥의 한가운데는 오목하게 들어간 곳이 있고 그 주위를 둘러가며 살집이 불룩하게 솟아올라와 있는 곳이 있는데, 이 부분을 언덕 또는 구(丘)라고 한다. 그림에서와 같이 구는 8개로 나누어지는데, 이 8개의 언덕은 위치에 따라 제각기 다른 특성과 의미를 가지고 있다.

팔구는 사람의 성격과 성향, 재능을 파악하고, 사고력과 활동성을 보여주기 때문에 적성과 소질, 그리고 직업을 판단할 수 있다. 살집이 풍부하고 발달할수록 강하게 나타나고, 살집이 밋밋하거나 엷을수록 약한 성향을 보이는데, 지나치면 부정적인 면이 강해 단점이 될 수 있다.

## 월구月丘, 달의 언덕

월구가 풍부하게 살집이 오르고 잘 발달되어 있고 그 부분의 살결이 탄력 있고 아름다운 담홍색을 띠고 있다면 지성이 아주 뛰어나고, 상상력과 공상력이 풍부한 사람이라 할 수 있다.

➡ 공상, 상상력, 이기심, 신뢰

## 제1 화성구 火星丘

전반적으로 화성구는 용기와 의지를 나타내는데, 냉혹할 정도로 냉철하고 의협심이 강하며 용감한 사람들이 화성구가 발달되어 있다. 그중에서 제1 화성구가 발달한 사람은 대부분 용기가 있고, 의협심이 강하며, 때로는 호전적인 성격과 성향을 나타낸다.

➡ 공격적, 반항, 의협심, 호전적 성격

## 제2 화성구 火星丘

제2 화성구가 발달한 사람은 대부분 대담하고 의지가 강한 편이다. 특히 남에게 지기 싫어하고 자존심이 강하며, 행동력이 강해서 어떤 일을 추진하는데 있어서 강한 추진력이 있고 밀어붙이는 성향이 있다. 반대로 이곳이 약하게 발달한 사람은 나약하고 우유부단한 성격을 보일 수 있다. 화성의 언덕이 너무 발달하면 용기가 있고 대담성이 있으나, 지나치면 고집불통이 될 수도 있다.

➡ 용기, 강한 의지, 추진력


### 수성구 水星丘

이 언덕이 알맞게 잘 발달되어 있는 사람은 기지가 뛰어나고, 금전운이 있는 사람이다. 또한 자비심이 많고, 의지력이나 구변이 뛰어나 웅변가나 사업가도 많다. 반대로 너무 지나치면 허풍이 많고 임기응변에 능해 자칫 오해받기 쉽다.

➡ 사교, 지혜, 상술


### 목성구 木星丘

이곳의 언덕이 잘 발달되어 있는 사람은 명예욕이 아주 강하고 리더십도 있으며, 관운 또한 좋기 때문에 고위 관리가 될 수도 있다. 또한 성격은 명랑하면서 활발한 편에 속한다. 반대로 이기적이고 독선적인 성향이 강해 보일 수도 있다.

➡ 명예, 리더십, 공명심, 자부심


### 금성구 金星丘

사랑의 상징으로, 엄지손가락 밑부분이 깨끗하면서 살집이 두툼하게 잘 발달되어 있으면 적극적인 사고방식과 체력이 뛰어나고, 이성에 대한 관심이 강해 사랑과 정열이 있으며, 예술에 대한 열정도 강하다. 자비심과 인정이 많고, 어려서부터 고생을 모르고 자란 행운을 가진 사람에 속한다. 반대로 지나친 이성에 대한 관심 때문에 편협된 애정관이 나타나기도 한다.

➡ 애정, 매력, 동정심, 향락, 성욕


### 태양구 太陽丘

이 언덕이 알맞게 잘 발달되어 있는 사람은 천재적인 예술의 재능을 소유한 자이다. 사교성도 좋고, 아주 쾌활

하고 명랑한 성격의 소유자이고 리더십이 풍부하고 성
취욕도 강해 성공률이 높은 손금이다. 반대로 지나치게
발달하면 허영심과 낭비벽이 심하게 나타날 수 있다.

➡ 성공, 명랑, 성취, 예술, 행복


**토성구**土星도

이 언덕이 고르게 잘 발달되어 있는 사람은 사고력과
집중력이 매우 뛰어나고, 조심성이 많고 신중한 태도를
가진 사람이다. 성격 자체는 명랑하지 못하고 침울한 편
이고, 고독하고, 냉정하며, 비사교적인 성향이 강하다.
경제적인 면은 구두쇠와 같은 철저한 경제적 관념의 소
유자다.

➡ 냉정, 고독, 침착

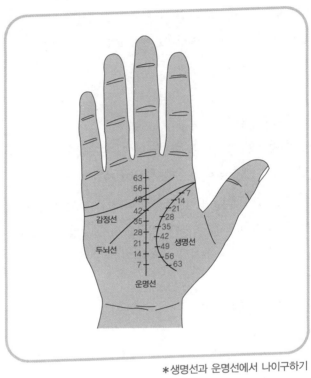

63
56
48
42
35
28
21
14
7

7
14
21
28
35
42
49
56
63

감정선

두뇌선

생명선

운명선

＊생명선과 운명선에서 나이구하기

## 생명선 生命線

엄지와 검지손가락 사이에서 시작하여 엄지 손바닥의 안쪽을 크게 반원형으로 둘러싸면서 손목까지 이어지는 가장 굵은 손금을 말한다.

생명선은 수명의 길고 짧음과 건강 상태를 나타내는 가장 중요한 3대선 중의 하나이다.

좋은 생면선은 선이 굵고 뚜렷하면서 길게 뻗어나가야 하고, 중간에 끊김이 있거나 나쁜 뜻을 나타내는 기호나 무늬가 없어야 한다. 이렇게 깨끗하고 선명한 선이 손목을 향해 금성구를 감싸고 돌아나가면서 아름다운 담홍색을 가진 것이 최상의 생명선이다.

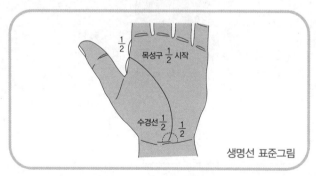

생명선 표준그림

선의 모양이 또렷하고 선명하면서 길면 좋다.

중간에 선이 끊어지지 않고 나쁜 뜻을 나타내는 기호
나 무늬가 없다.

선의 색상이 아름다운 담홍색을 띠고 있다.


**생명선 나이 측정하는 방법**

그림처럼 1/2된 지점을 기준하여 선을 그어서 측정하
면 정확률이 높다.

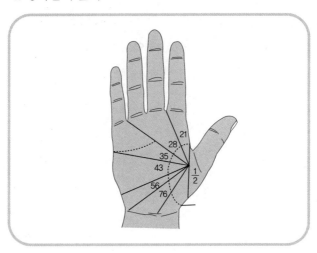

# 2
# 응용편
## 손금으로 운명을 예측하고 바꿀 수 있다

사람의 손금은 그 사람의 인생을 담고 있다. 언뜻 보면 아주 단순해 보이는 손금 속에 무슨 인생이 담겨 있을까 싶지만 손금의 굵기와 길이, 그리고 손금의 방향 등을 하나하나 보다 보면 내 삶의 모습이 그 안에 담겨 있음을 깨닫게 된다. "천하가 내 손 안에 있소이다."라는 말처럼 우리 손금을 잘 풀이하고 이해하면 앞으로 내 앞에 펼쳐질 운명도 감지할 수 있게 되고, 나쁜 일도 미리 예방할 수 있을 것이다.

## ::기적의 우물정

생명선은 굵고 길게 손목까지 뻗어나가야 좋다. 그러나 사람마다 얼굴이 다르듯 생명선에도 여러 현상이 나타난다. 생명선 중간에 우물 정(井) 자와 비슷한 사각형 무늬가 있는 손금은 중병에 걸려 고생하다가도 기적적으로 병을 이겨내고 생명을 얻게 된다는 뜻이다.

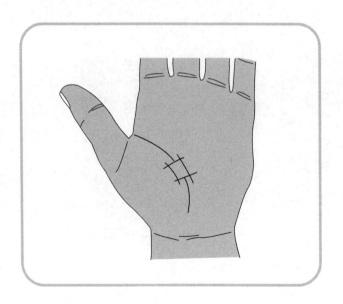

## :: 기적적인 지선

생명선이 중간에 끊겨 있으면 몸에 병이 생기거나 좋지
않은 일이 생기는데, 중간에 끊겨 있어도 그림처럼 보존
선이 안쪽이나 바깥쪽으로 있어서 선을 지지하고 있으
면 병을 앓다가도 툴툴 털고 일어날 수 있다.

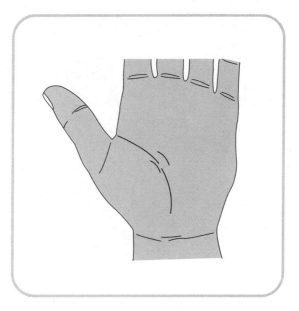

::모든 것은 마음먹기 나름

두뇌선에 생명선이 매달려 있는 형태의 손금은 생각에 따라서 건강이 좌우된다는 것을 뜻한다. 즉 어디가 아픈 것 같다고 생각하면 정말로 그곳이 아픈 것 같고, 아픈 것 같은데 다 나았다고 생각하면 씻은 듯이 병이 나아진 다고 여기는 성향이 강하다.

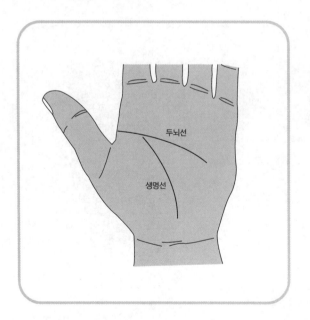

::돌다리도 두드려야 된다

생명선이 깨끗하고 반듯하게 뻗어나가지 않고 그림처럼 얽혀 있으면 신경이 매우 예민하고 몸의 상태도 매우 약한 기질이므로, 이런 손금을 가진 사람은 평소에 꾸준히 운동을 하여 체력을 보강해야 하며, 이런 손금은 특히 소화기 계통에 유의해야 한다.

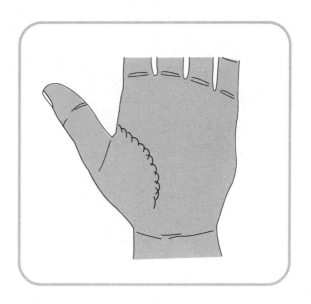

::건강 자만 형

생명선이 잘 뻗어가다 손목 부분의 끝부분이 그림처럼
월구로 향한 사람은 자기 주장이 매우 강하다. 이런 손금
은 건강에 대한 자만이 지나쳐 오히려 건강을 해치게 될
수도 있다. 생면선의 끝부분이 월구에 가까울수록 그 정
도가 심하게 나타난다.

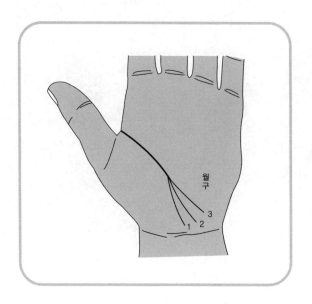

::능력선

생명선에서 손가락 쪽으로 위로 선이 뻗어 올라간 경우인
데, 선이 생명선의 어느 부분에서 표시되었는지 잘 살펴
보면 그 시점에 해당되는 나이에서 자신의 능력 발휘하여
발전이 있을 것이라는 징후를 나타내고 있는 손금이다.

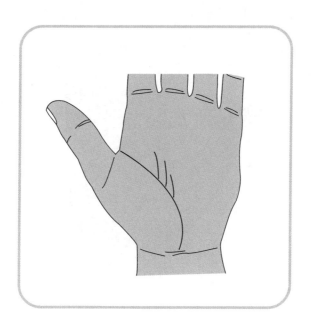

## ::신경과민

생명선이 시작되는 곳의 약간 아래에서 안쪽으로 금성
구에 짧은 지선이 있는 사람은 신경이 매우 예민한 기질
을 갖고 있다. 때로는 지나치게 세심하여 화를 잘 내는
등 신경과민 경향을 나타내기도 한다.

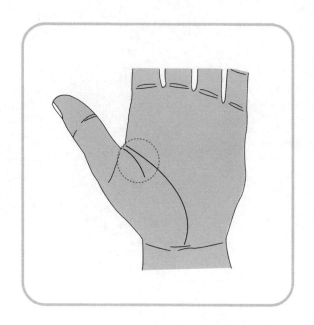

::애인선

생명선이 뻗어내려 오다가 지선 하나가 그림처럼 손목
부분으로 내려오면 스무 살 이전 사춘기 때 깊은 사랑에
빠진다는 것을 뜻한다.

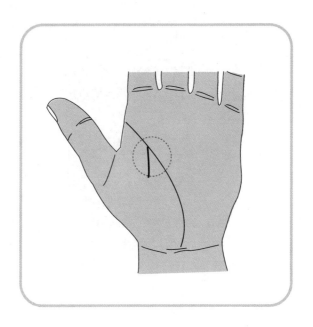

::여행선

생명선이 뻗어내려 오다가 끝 부분에 1cm 이상의 뚜렷한 지선이 월구 쪽으로 나 있으면 여행 등으로 거처에 많은 변화가 있는 경우를 나타낸다. 여행업에 종사하거나 기타 직업으로 이직이 많은 사람들에게서 나타난다.

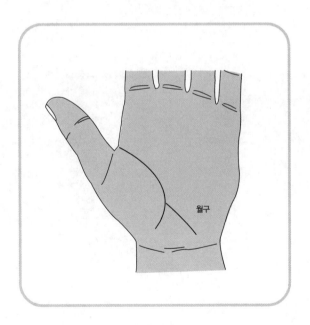

::사교술에 능란

생명선 안쪽으로 금성구 부분에 그림처럼 선들이 생겨
있으며, 이성에 관심이 많고 예민하고 민감한 성격의 소
유자로 사교술이 매우 뛰어나다. 경우에 따라서는 바람
기가 많다고 평가되기도 한다.

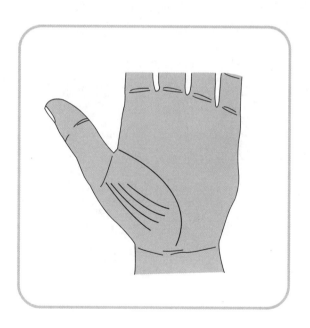

## ::이중생명선

생명선 안쪽 금성구에 짧은 생명선이 그림처럼 하나 더 있으면 본선이 약해도 그 점을 보완해 주기 때문에 질병에 걸리거나 수술을 받은 후에도 병이 낫거나 회복되는 속도가 빠르며 강인한 체력을 가진 사람에게서 잘 나타난다.

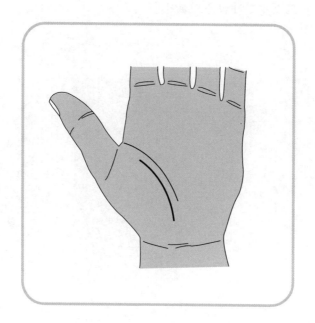

## ::현대인에 많은 형태

생명선이 손목 부분까지 쭉 뻗어나가지 못하고 짧으며,
생명선이 금성구쪽으로 지나치게 가까이 다가가서 금성
구가 좁은 손금으로, 이런 손금을 가진 사람은 현대인들
에게 많이 나타나는데 체력이 허약하고 인내력이 부족
하고 동정심이 많은 기질이다.

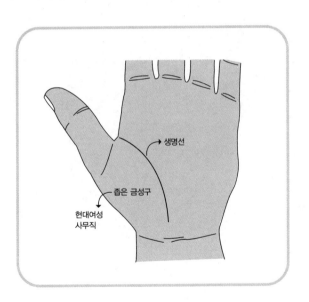

생명선

좁은 금성구

현대여성
사무직

::끊어진 생명선

생명선이 곧고 깨끗하게 뻗어나가지 못하고 중간에 토막토막 끊어져 있으면 체력이 저하되어 있거나 건강 상태가 약하다는 것을 표시한다. 가끔 단명하는 것이 아닌가 생각하는 사람도 있는데, 그것보다 체력이 약한 기질을 가진 경우에 나타난다.

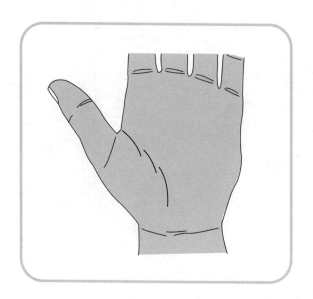

::위험 표시

생명선이 잘 뻗어나가다가 중간에 뚝 끊기고 생명선과
반대 방향으로 지선이 생겨 있으면 위험이 다가오고 있
음을 암시하는 손금이다. 이런 손금을 가진 사람은 중병,
교통사고 등을 당할 수 있다는 경고의 표시이니 평소에
각별히 조심하여야 한다.

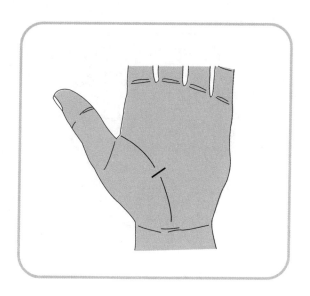

::쌀알섬 표시

쌀알섬이란 쌀 모양의 그림이 손금에 나타나는 것으로
생명선 끝 부분에 지선이 생기고 그 사이에 쌀알섬이 있
으면, 50세 이후의 말년에 소화기 계통의 질병에 주의하
고 그림처럼 보이면 위암 등에 걸릴 수 있다는 경고이고,
몸에서 악취 나면 암이 진행중임을 나타낸다.

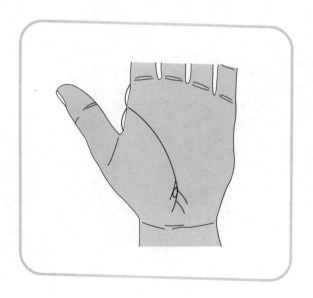

::호흡기 질환

생명선이 시작되는 곳부터 그림처럼 쌀알 같은 섬이 표시되어 있으면 열두 살 정도까지 체질이 약하며, 특히 호흡기 질환에 주의하여야 한다는 경고의 뜻이다.

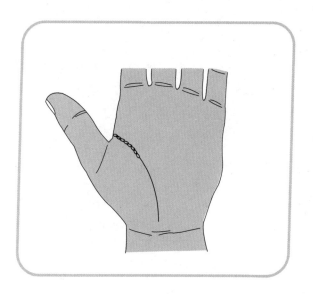

::피로권태하기 쉬운 체질

생명선에서 뻗어내려 오다가 그림처럼 아래로 향한 여러 개의 지선이 나타난 손금은 체질이 허약하다는 뜻이다. 이런 손금을 가진 사람은 신경과민에 걸릴 확률이 높고, 피로감이나 권태로움에 빠지기 쉬운 체질임을 나타내는 것이다.

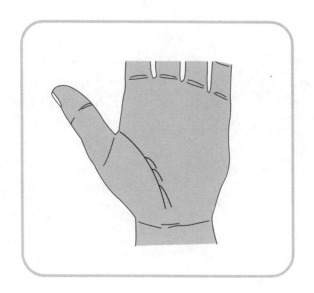

::찬란한 일생

태양선 A-B 선이 굵고 뚜렷하고 힘 있게 무명지(넷째
손가락) 쪽으로 나 있는 손금은 초년부터 운수 대통하여
하는 일마다 성공하는 손금이다. 이런 손금을 가진 사람
은 따르는 친구도 많고 찬란하고 화려한 일생을 보낸다.

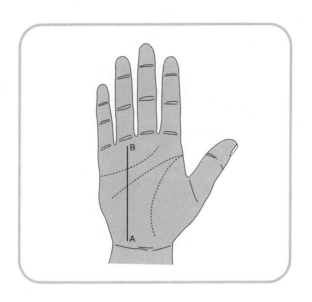

::행복한 말년

운명선이 손바닥 가운데 있지 않고 감정선 C-D 선에서 장지(가운뎃손가락) 쪽으로 운명선 A-B 선이 나 있는 손금은 말년에 성공하여 행복하지만 초년부터 중년까지는 온갖 고생을 다하게 되는 손금이다. 이런 손금을 가진 사람은 좌절하지 말고 꾸준히 노력할 필요가 있다.

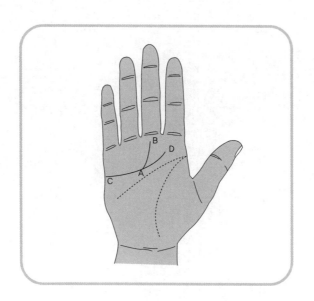

## ::부와 명예

운명선 **A–B** 선에서 '가' 지점에서 검지손가락 쪽으로 '나' 선이 뻗어나간 손금은 크게 발전하게 되는 기질이고 명예가 생겨 입신 출세를 하게 된다. 게다가 태양선 **C–D** 선이 굵고 반듯하고 좋으면 앞의 성공에서 더욱더 강화되어 중년부터 부귀를 누리게 된다.

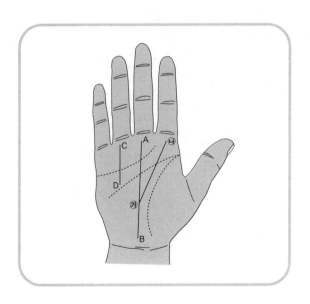

운명선 A-B 선에서 '가', '나', '다', '라'처럼 작은 선
들이 위쪽을 향해 나 있는 손금은 운이 트인다는 표시이
다. 그림처럼 작은 선들이 여러 개 나 있으면 이런 상은
운이 트고 크게 발전을 하게 될 손금이다.

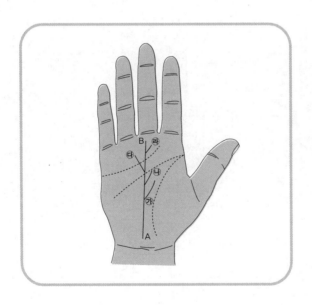

::실패할 운명

태양선 A–B 선에서 그림의 '가' 부분처럼 끊어지면 그
시기에 일시적으로 하는 일들이 파산하게 되거나 실패
를 하게 된다는 손금이다. 이런 손금의 경우 인기나 명성
이 다 날아가 버리기도 한다.

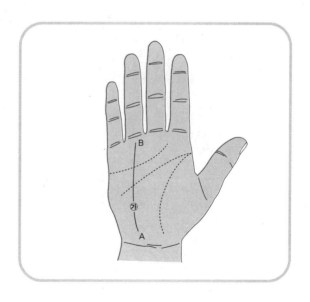

::힘든 중년

태양선이 곧고 반듯하게 뻗어나가지 못하고 그림처럼
태양선 A–B가 두뇌선 C–D를 넘어가지 못하고 두뇌
선에서 막혀 끝나 버리면 초년에는 하는 일들이 잘 되고
편안하지만 중년부터는 운이 막히고 되는 일이 없고 고
생을 하게 된다.

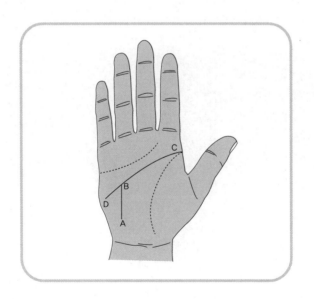

::바람피우는 손금

감정선은 감정의 상태나 애정 성향 등이 나타나는 손금
으로, 그림처럼 감정선이 사슬 모양이면 바람피우는 기
질을 나타낸다. 이런 손금은 다정다감하고 마음의 동요
가 심하며, 이성의 자극을 구하여 화려한 사랑을 하거나
지나치면 방종한 생활을 하기도 한다.

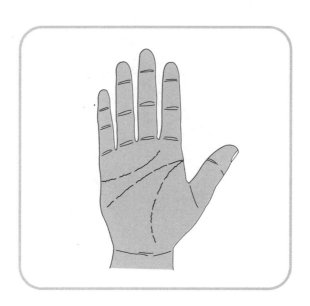

::가정 파탄

감정선 A-B 선이 곧게 뻗어나가지 못하고 그림의 '가'
처럼 중간에서 끊어지면 미혼의 경우 사귀는 사람과 결
혼한 경우 부부 사이에 감정 문제를 겪게 된다. 이런 손
금은 가정이나 두 사람의 사이가 파탄이 나게 되니 주의
해야 한다.

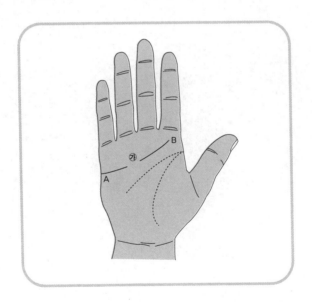

::가정 불화

감정선 A−B 선이 잘 뻗어나갔지만 그림처럼 감정선 위
에 가는 선들이 나 있으면 가정에서 불화와 갈등이 생기
고, 이성의 경우 사귀는 사람과 불화가 생기거나 갈등이
생겨 마음 고생하게 된다.

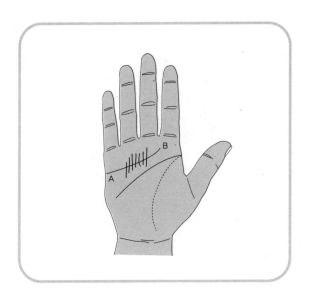

::뭘 해도 진전이 없다

그림처럼 기본선인 3대선(생명선, 두뇌선, 감정선)만 있고,
운명선과 태양선이 전혀 없는 손금은 평범한 운명을 나
타낸다. 이런 손금을 가진 사람은 평범한 일생을 사는 사
람으로 큰 실패도 없고 큰 성공도 없다. 관공서나 회사
생활자가 많으며, 아주 고지식한 기질을 갖고 있다.

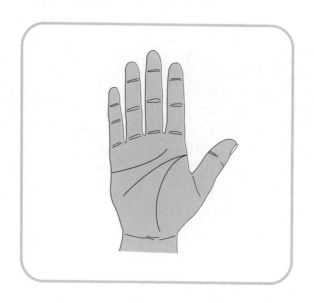

운명선이 있기는 한데 운명선 A−B 선이 그림처럼 구불구불 휘어져 있거나 도중에 끊어진 곳이 있는 손금은 한 가지 일에 열중할 수가 없어 바람처럼 이곳저곳을 옮기게 되고 변화와 변동을 많이 하게 된다.

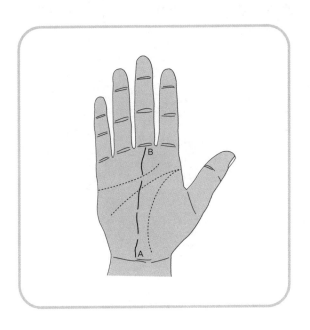

::부부 이별

그림처럼 결혼선 A-B 선에서 갈라진 선 C-D 선이 엄
지손가락의 언덕 쪽으로 나 있는데, 이 선이 생명선 E-F
선을 지나가면 결혼 생활에 어려움이 생겨 부부싸움이
잦고 이별하게 되는 손금이다.

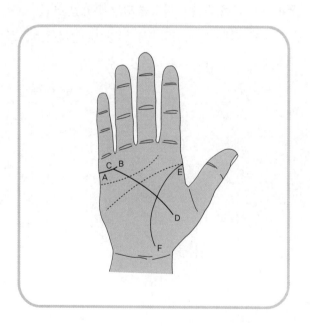

생명선 A−B 선이 그림처럼 아주 짧은 사람은 수상학으로 보면 원칙으로 단명하는 상이다. 두뇌선 C−D 선이 끊어지고, 감정선 E−F 선이 끊어지는 등 그림처럼 주요 3대선이 다 나쁘면 단명한다는 손금이다. 만약 이런 손금이 양쪽 손에 똑같이 있으면 단명이 확실하다는 판단을 하지만, 한쪽 손에만 있으면 단명보다는 선천적으로 허약 체질로 병치레를 하는 손금으로 본다.

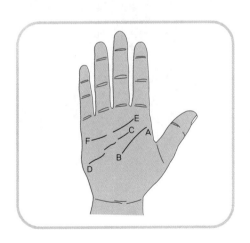

::바람둥이

C-D 선처럼 생명선 A-B 선을 옆으로 끊고 지나간 선
이 있는 손금은 방종과 방탕한 생활을 하게 되고, 남자의
경우 술과 노는 것을 좋아하고, 결국 스스로 생명을 줄이
는 손금이다.

생명선 안쪽에 그림처럼 '금성대'에 작은 선들이 있는
손금은 바람둥이 체질로, 성격이 다정 다감하고 변덕스
럽고 이성에게 인기가 많다. 이런 손금을 가진 사람은 바
람둥이 기질을 갖고 있다.

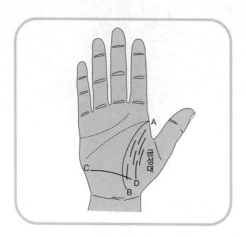

태양선 A-B 선에 '가', '나' 처럼 쌀알섬 모양이 있으면
실패나 불안을 나타내고, 하는 일마다 장애가 생겨 어려움
을 겪게 된다. 이런 손금을 가진 사람은 신용과 명예도 사
라지고 부귀와 지위도 사라져 고생을 하게 된다.

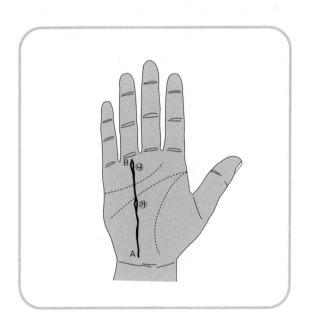

::주위 사람들 때문에 고생

운명선 A–C 선에 D–E 선이 생명선과 붙어 있는 손금은 부모나 형제 때문에 고생하게 되는 손금으로, 이런 손금을 가진 사람은 가정을 책임지고 살아가게 된다.

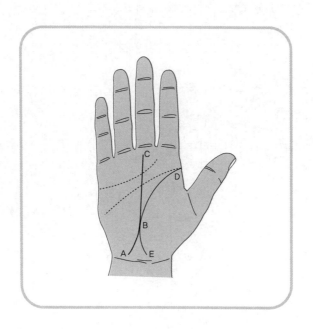

::모든 재물은 나의 손에 있소이다

운명선 A-B 선이 굵고 분명하게 나 있고, '가'-'나'
선이 넷째손가락 방향인 태양구 쪽으로 나 있는 손금은
물질이 풍요로운 손금으로, 큰 행운을 차지할 운명이다.
이런 손금을 가지면 재물이 재물을 낳는다는 운명으로
명성과 부귀를 차지하고 인생에서 대성공을 하게 된다.

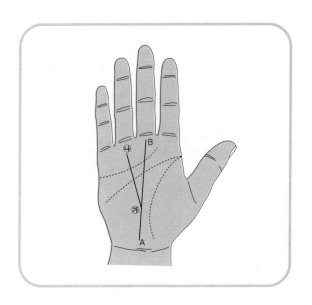

::부귀 명성

운명선 A–B 선이 선명하게 나 있고 거기에 지선 '가' –
'나', '다' – '라'가 나 있는 손금은 대단히 좋은 운명을
나타내는 것으로, 부귀와 명예를 함께 얻는 대길할 운명
을 가진 손금이다.

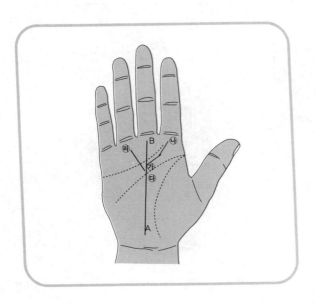

::부부 사별

결혼선 A 끝에 십자 형태인 B 모양이 있는 손금은 배우
자가 급사나 병사를 하는 손금이고, C 선에 D처럼 쌀알
섬 모양이 있는 손금은 배우자가 병에 걸려 고생을 하게
된다.

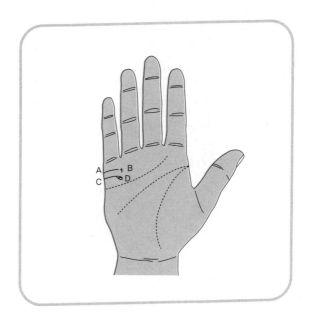

## ::부부 사이에 고생이 많은 손금

결혼선 A−B 선에 여러 개의 작은 선들이 아래로 향해
나 있는 손금을 가지고 있으면 부부 사이에 병에 걸려 고
생하든지 아니면 물질적으로 고생을 하게 된다.

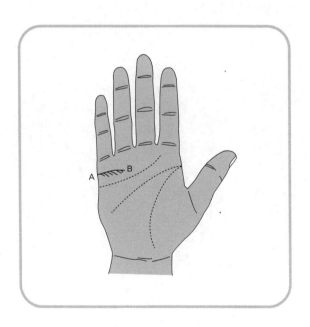

결혼선 A－B 선이 태양선 C－D 선을 지나가게 되고,
A－B 선 가운데 쌀알섬 모양이 있는 손금을 가지고 있
으면 부부가 이별하거나 하고 있는 일이 제대로 풀리지
않아 명예와 지위를 모두 잃어버리게 된다.

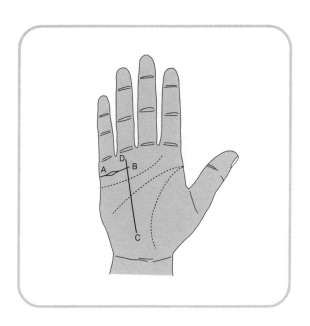

::두 번 결혼

새끼손가락과 감정선 사이에 생긴 결혼선이 그림처럼 길
이가 비슷한 두 개의 선이 'A' – 'B', 'C' – 'D' 가 나 있는
손금을 가지고 있으면 두 번 결혼하게 되는 경우가 많다.

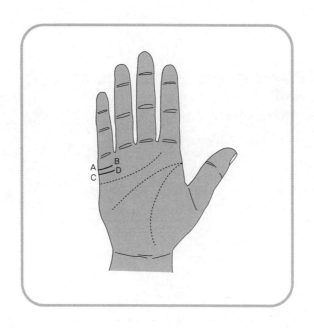

::행복한 결혼

결혼선 A-B 선이 뚜렷하고 선명하고 끊어진 곳이 없으면서 붉은색을 띠고서 새끼손가락이 있는 곳에 있게 되면 천생배필에 해당하는 좋은 이성을 만나 행복한 결혼생활을 하게 된다.

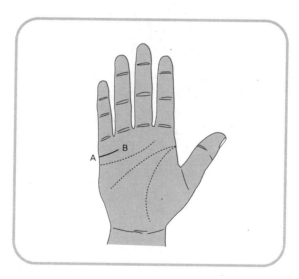

::이 손에 천하를 움켜쥐다

운명선 A−B 선이 뚜렷하고 선명한 굵기로 길게 뻗어나가 가운뎃손가락을 지나 가운데까지 나 있는 손금은 천하를 휘어잡는 손금이라고 한다. 일본의 도요토미 히데요시가 이런 손금을 가지고 있었다. 이런 손금을 가진 사람은 부귀, 명예, 권력 등 마음먹은 일이 다 이루어지는 운명이다. 이런 손금은 난세에 태어나면 영웅이 된다.

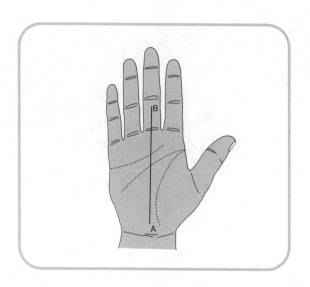

운명선 A-B 선이 그림처럼 '가' 모양으로 넷째손가락
쪽으로 나 있는 손금을 가진 사람은 대단히 강력한 좋은
운을 가지게 되므로 남의 힘을 빌리지 않고 혼자 힘으로
대성공을 이루게 된다.

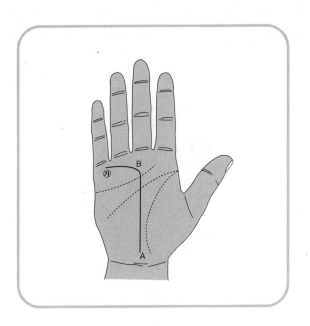

::부모, 형제의 도움으로 성공

운명선 **A**-**B** 선이 굵고 선명하게 가운뎃손가락 쪽으로
나 있는 손금은 부모 형제나 부부의 도움을 받아 성공하게
된다. 또 운명선이 감정선 **C**-**D**에서 **A**-**E** 선이 나 있으면
부모의 도움에 너무 의지하기 때문에 발전이 안 된다.

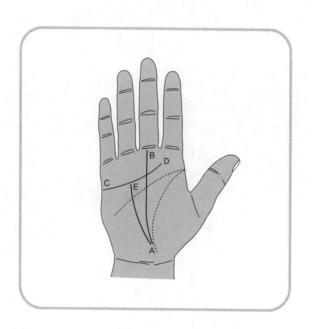

## ::남의 도움으로 성공

운명선 A-B 선에서 C 선이 '가' 부분에서 합해져 있는 상은 자기의 노력과 주위의 도움으로 성공하게 된다. 이런 사람은 일에 위기를 맞으면 강력한 남의 도움으로 성공하고 한층 더 발전한다.

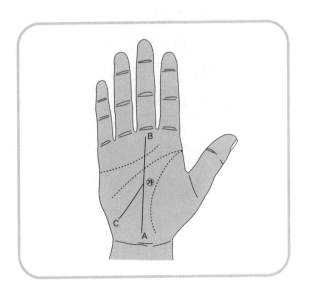

::장사하면 성공

운명선 A-B 선이 뻗어나가는데, '가' 지점에서 출발하
여 '나'까지 지선이 새끼손가락 방향으로 나 있는 손금
은 상업이나 과학 분야에 뛰어난 기질을 발휘하게 된다.
사물에 대해 대단히 기민하고 앞을 내다보는 일은 다른
사람이 도저히 따라갈 수 없을 정도이다.
상업 분야에서 큰 성공을 할 수 있다.

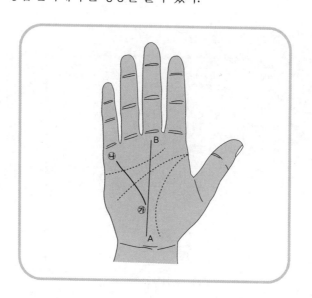

::부와 명예

운명선 **A−B** 선이 가운뎃손가락 밑에까지 뻗어나 있고
또 하나의 운명선인 **C−D** 선 나 있는 손금은 대단히 강
력한 운을 갖고 있는 사람이다. 이런 손금을 가진 사람은
부귀와 명성, 권력까지 동시에 얻을 수 있는 행운아이다.
무슨 일을 하든 정력적이고 두세 가지 일을 동시에 해내
는 사람이다.

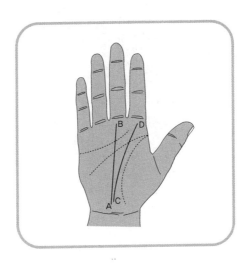

## ::이성을 잘 만나 성공

운명선이 그림처럼 A-B 선처럼 나 있는데 감정선 C-D 선과 합해지고, 거기에서 또 검지(둘째손가락) 쪽으로 향하는 B-E 선이 나 있는 사람은 공상과 꿈이 많고 애정이 풍부한 성격을 가진 사람이다. 이런 손금을 가지면 좋은 배우자를 만나거나 연애를 잘 하게 되어 인생도 성공하게 된다. 아랫사람이나 윗사람의 관계도 원만하게 된다.

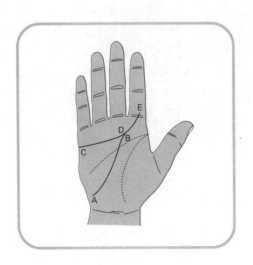

## ::중년부터 운이 좋아지는 손금

운명선 A-B 선이 길게 뻗어나가지 못하고 그림처럼 손바닥 가운데에 두뇌선 D-E 선에 걸쳐 있고 지선 C가 나 있는 손금은 초년에 고생을 하다가 중년이 되면서부터 운이 돌아와 그때부터 하는 일에 발전이 있게 된다.

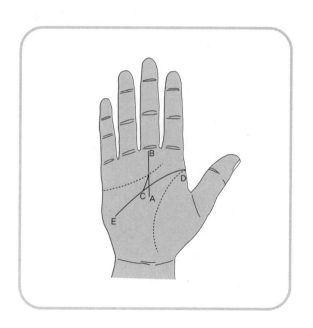

::희망이 이루어지는 손금

운명선 A-B 선이 곧게 가운뎃손가락 쪽을 향하여 뻗어 올라가는 손금을 가지면 자기가 하고자 하는 일이나 희망하는 일들이 이루어지고 명예와 지배력을 동시에 얻을 수 있는 좋은 운명을 갖고 있는 것이다.

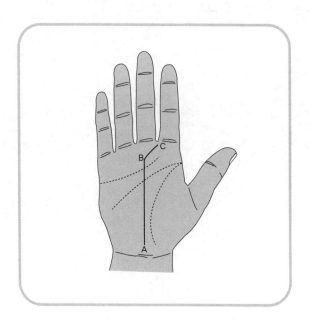

::위기를 벗어나는 손금

운명선 **A-B** 선에 우물 정(井) 자 모양이나 사각형의 '가' 형태가 있는 손금은 한 번의 재난을 겪게 되지만 그 기간이 지나면 그것을 보충할 수 있는 운명이다. 이런 손금을 가진 사람은 운명의 변화를 겪고 어려움을 당하지만 큰 어려움 없이 위기를 넘기게 된다.

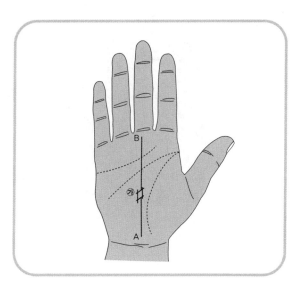

::애정 문제가 일어날 손금

운명선 A-B 선이 위로 뻗어나가다가 그림처럼 감정선
C-D 선이 만나는 옆에 '가'의 X 모양이 있는 손금은
이성 문제를 겪게 되고, 감정 문제까지 섞여 일이 일어난
다. 이런 손금을 가지고 있는 사람은 이성 문제 때문에
운명에도 변화가 생기는데, 이때 만나는 이성과는 조용
히 끝나기가 어렵다.

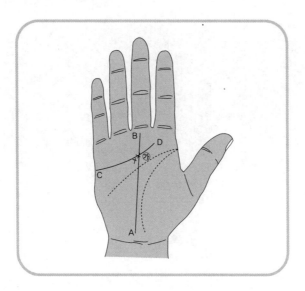

운명선 A-B 선이 뻗어나가다가 그림처럼 감정선 C-D 선과 만나는 곳에 '가'처럼 쌀알섬 모양이 있으면 이성 문제로 손실을 보게 되고, 대실패를 하게 되며, 단 한 명의 이성 때문에 완전히 망하게 된다. 그리고 운명선에서 별도로 E-F 선이 생기고 그 선 가운데 쌀알섬 모양이 있으면 이성 때문에 하는 일까지 그르치고 망하게 된다.

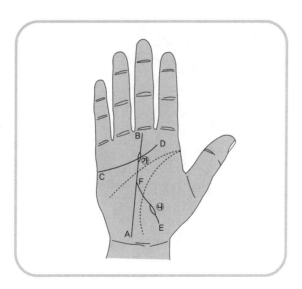

::중병이 생기는 손금

두뇌선 A−B 선 위에 작은 선들이 지나가거나, '가' 처럼 두뇌선 위에 감정선처럼 가로로 지나가는 선이 있는 손금은 신경이 약한 것을 말한다. 이런 손금은 항상 골치가 아프다든가 걱정이 많은 사람에게 나타난다. '나' 선처럼 두뇌선의 중간을 세로로 길고 굵게 나타난 손금은 중풍이나 중병을 앓게 된다.

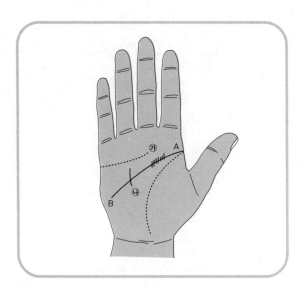

## :: 예능에 뛰어난 손금

태양선 'A'가 감정선 위에서부터 출발하여 무명지(넷째
손가락) 쪽으로 여러 갈래가 나 있는 손금은 탄탄한 인기
를 얻고 든든한 신용이 쌓여 무난하게 생활할 수 있으며,
특히 예민한 감수성과 풍부한 감정을 가지고 있어서 상
당히 많은 인기를 얻을 수 있다. 이런 손금을 가진 사람
은 예능 방면에 타고난 소질이 있고 봉급생활자도 화려
하지는 않아도 착실한 행운의 길을 걷게 된다.

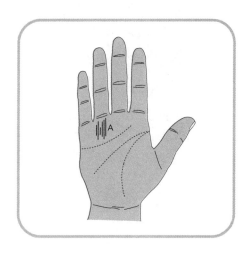

::위기를 이겨 내는 손금

태양선 A−B 선 위에 '가' 모양이 나타나는 손금은 그
사람의 운세에 큰 변화가 있다는 것을 나타내며, 그동안
쌓아 놓은 업적에 큰 타격이 생겨 잠시나마 고통을 받게
되지만 나중에는 위기를 이겨내고 다시 업적을 쌓을 수
있다.

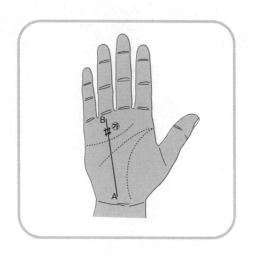

::결혼에 장애 손금

결혼선에 '나' 같은 무늬가 있는 손금은 진행 중인 결혼에 어떤 장애가 생겨 두 사람의 마음은 서로에게 간절하지만 여러 가지 이유로 자꾸만 미루어지고 생각하는 대로 결혼이 이루어지기가 어렵다. 또 결혼한 사람에게 이러한 손금이 있으면 결혼 생활에 문제가 생겨 심각한 상황까지 이르게 된다. 또 결혼선이 '가' 처럼 두 가닥으로 된 손금을 가지고 있으면 처음에는 장애가 있으나 나중에는 모든 일이 순조롭게 이루어질 것이다.

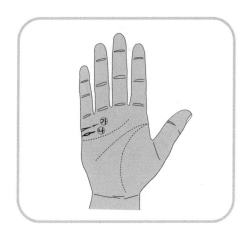

::눈 뜨고 나니 천하가 내 손에 있구나

태양선 A−B 선이 뻗어나 있고 이 선에서 C−D 선이 지선으로 나 있으면, 이런 손금은 특별한 재능을 가지고 있어 하루아침에 크게 성공하게 된다. 이런 손금을 가지고 있는 사람은 현재 힘들게 살아가고 있다고 하더라도 어느 날 갑자기 한 순간에 벼락부자 같은 큰 행운을 가지게 되며, 재물이 아니면 세상에 널리 알려지는 큰 명성을 얻게 된다.

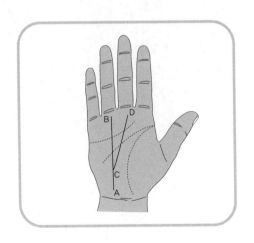

::연애를 실패할 상

감정선이 뻗어나오다 끝 부분에 이르면 가운뎃손가락 쪽
'토성구'의 부분에서 아래로 내려와 두뇌선 C−D 선에 닿
은 손금을 가지고 있으면, 이성 문제가 생기면 이성적으로
판단하지 못하고 모든 것을 감정에 치우쳐 일을 처리하게
되어 결코 바람직한 사랑을 할 수 없는 경우가 많다.

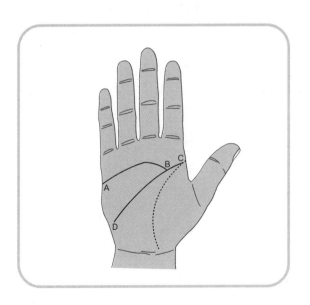

::결혼이 늦을 손금

결혼선 A-B 선이 짧고 위쪽으로 구부려져 새끼손가락 방향으로 향해 있는 손금을 가지고 있는 사람은 집안 사정이나 개인의 사정이 생겨 결혼을 제때에 하지 못하고 시기가 늦어지는 경우가 많다.

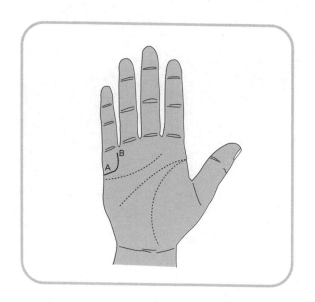

## ::상상력이 풍부한 사람

두뇌선이 월구를 향해 길게 뻗어 있는 손금을 가진 사람
은 낭만적인 성격을 가진 사람으로 규칙에 얽매이는 것을
싫어하고 상상력이 매우 풍부한 기질을 갖고 있다. 이런
사람은 예술가의 기질이 강하지만 반대로 지나치게 감정
에 치우쳐 현실을 제대로 직시하지 못하는 경우가 있다.

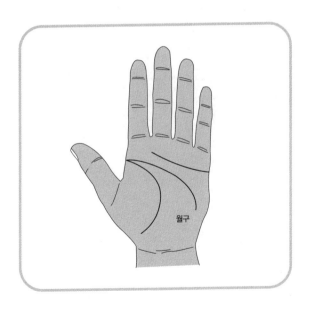

월구

::전문직에서 성공하는 손금

운명선이 손목 부분까지 쭉 뻗어 있고 운명선의 중간에서 나온 지선이 수성구를 향해 뻗어가는 손금을 가지고 있는 사람은 전문직에서 큰 활약을 보이고 성공할 능력을 갖고 있다. 직업으로는 이공계나 언론, 방송 계통에서 성공할 수 있다.

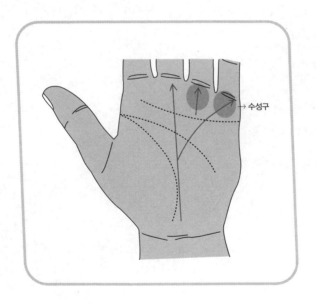

→ 수성구

## ::사회 지도자의 손금

힘차게 뻗은 운명선에 중간에서 뻗어나간 지선이 목성
구(둘째손가락 아래 언덕 부분)를 향해 나 있는 손금은 카리
스마를 갖춘 리더의 손금으로, 명예를 목숨같이 생각하
는 기질이 강하다. 직업으로는 공무원이나 사회에 봉사
하는 직업을 갖는다면 성공할 수 있으며, 그러기 위해서
는 솔선수범하고 희생 봉사 정신이 강해야 한다.

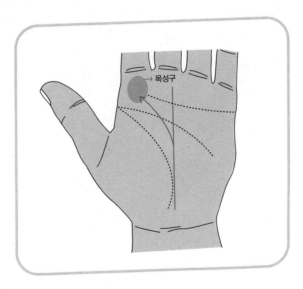

## ::이상적인 연인

감정선이 목성구를 향해 길게 뻗어 있고 그 끝이 세 갈래로 갈라져 있는 손금을 가진 사람은 감수성이 풍부하고 사회적으로도 능력이 있으며 상대방에게 헌신적인 사랑을 하는 기질을 갖고 있다. 이런 사람은 멋과 재능, 능력의 3가지를 갖춘 사람으로, 예술 분야에 재능이 있다.

## ::이성에게 인기있는 손금

1번처럼 감정선이 사슬 모양으로 되어 있는 손금은 다정다감하고 배려심이 많아 이성으로부터 인기를 얻는 기질을 갖고 있다. 그러나 반대로 지나치면 변덕이 심하고 대부분 육체적 사랑을 탐구하는 경향이 강하게 나타난다. 2번처럼 사슬 모양이 밑으로 뻗은 손금을 가지고 있다면 그 정도가 더욱더 심하게 나타난다.

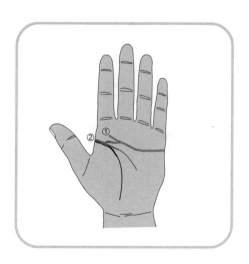

::여러 갈래 재물선

감정선 출발 부분에서 수
성구 쪽으로 여러 갈래의
선이 새끼손가락 쪽으로
나 있는 손금은재물선이
여러 갈래로 분산된 것으
로 돈이 잘 모이지 않는
기질을 갖고 있다.

::끊어진 재물선

감정선 출발 부근에서 수
성구 쪽으로 선이 뻗어 올
라가는데 중간에 선이 끊
어져 있는 손금은 재물선
이 끊어진 것으로 금전적
으로 큰 어려움을 겪게 되
는 손금이다.

::재물선 중간에 장애선
재물선의 중간에 가로지
르는 짧은 장애선이 있는
손금은 사업상으로 돈 때
문에 큰 어려움을 겪게 되
는 손금이다.

::재물선 끝에 섬 표시
감정선에서 시작하여 새
끼손가락 부분으로 이어
진 재물선 끝 부분에 쌀알
섬 표시가 있는 손금은 금
전적으로 큰 어려움을 겪
게 된다는 뜻이다.

::사업으로 큰 성공

태양선의 한 가지선이 수성구(새끼손가락 아래 언덕)로 향해 있는 손금은 사업적으로 큰 성공을 거두고, 다른 분야에서도 성공을 이루는 손금이다.

태양선의 한 가지선이 목성구(둘째손가락 아래 언덕)로 향해 있는 손금은 큰 권력을 잡을 수 있는 손금이다.

::고생 많은 말년

태양선 A－B 선이 뻗어나가다 두뇌선 C－D 선을 넘지
못하고 끝나버리는 손금을 가진 사람은 초년에는 하는
일이 잘 풀리지만 중년부터는 험난한 인생사가 기다리
고 있다는 뜻이다.

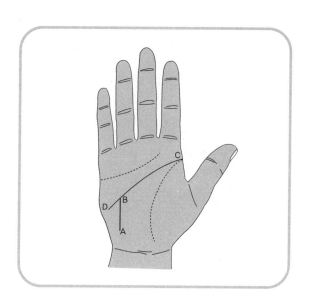

::부와 명예를 모두 잡는 상

운명선 A-B 선이 장지(가운뎃손가락)까지 힘차게 뻗어
나가 있고, 운명선 바로 옆에 또 하나의 운명선이 뻗어
있는 손금을 가진 사람은 모든 일을 적극적으로 하는 기
질을 가지고 있으며, 여러 가지 일도 무난히 처리하고 부
와 명예를 모두 휘어잡을 수 있는 손금이다.

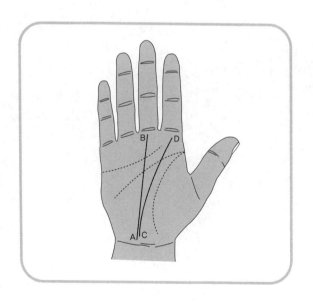

::3대선이 한 곳에서 출발

생명선, 두뇌선, 감정선의 3대선이 엄지와 검지손가락 사이의 한 곳에서 출발하는 손금은 매우 흉한 상이다. 이런 손금을 가진 사람은 남들에게 이용당하기 쉽고 자살하는 기질을 가진 사람이 많다.

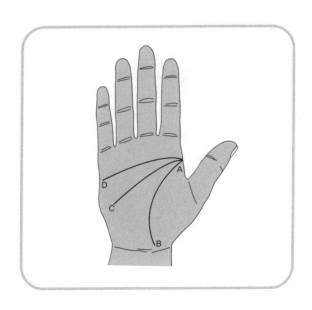

## ::온화한 상

두뇌선 A-B 선에서 중간 부분인 '가'에서 '나'로 이어지는 지선이 장지(가운뎃손가락) 쪽으로 뻗어나가는 손금은 성격이 매우 온화하며 성실한 기질을 가지고 있다. 이런 손금을 가진 사람은 주위 사람들과도 무난히 잘 어울리는 사람에게서 잘 나타난다.

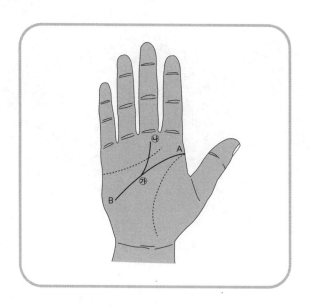

::머리가 나쁜 상

두뇌선 A−B 선이 곧고 길게 뻗어나가지 못하고 끊기는
것처럼 이어지지 않고, 흐릿하며 폭이 넓은 손금은 한 마
디로 머리가 나쁜 기질을 나타낸다. 이런 손금을 가진 사
람은 머리를 쓰는 일은 무엇이든 하지 않는 것이 좋다.

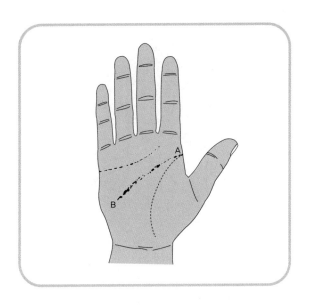

## ::집념이 강한 사람

감정선 A–B 선이 손바닥을 가로질러 손바닥을 가로질러 뻗어나간 손금은 집념이 강한 사람에게서 나타난다. 이런 손금을 가진 사람은 생각한 일은 반드시 해내고 마는 성격의 소유자이다. 게다가 두뇌선 C–D 선이 같은 길이로 뻗어나간 손금은 집착이 심한 사람한테서 나타난다.

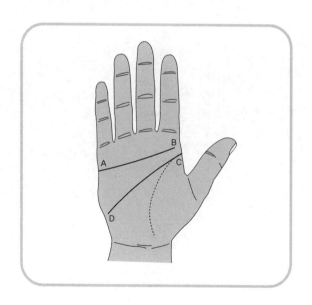

::무뚝뚝한 사람

감정선 A−B 선이 두뇌선 C−D 선보다 짧고 떨어져서 나타난 손금을 가진 사람은 사소한 감정에 이리저리 치우치지 않는 강직한 성품의 기질을 나타낸다.

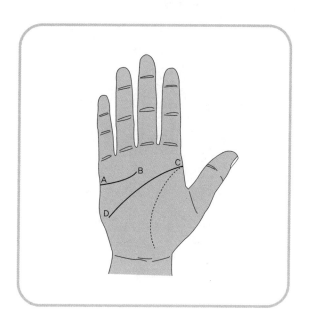

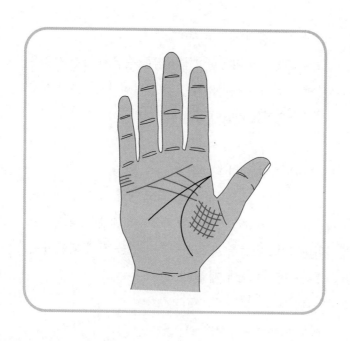

1. 사랑의 경험이 많은 사람

감정선에서 금성구(엄지손가락 아래 살집이 도톰하게 솟아 있는 언덕 부분) 쪽으로 뻗어나간 선이 많으면 많을수록 사랑의 경험을 많이 하는 기질이다. 이런 손금을 가진 사람은 이별의 상처가 많다는 증거이다.

## 2. 쉽게 사랑에 빠지는 사람

앞의 그림처럼 감정선이 불규칙한 손금을 가진 사람은 옆에 누군가가 다가와서 조금만 다정하게 이야기해도 사랑에 빠지는 기질이 강한 사람이다.

## 3. 이런 사람은 절대 조심

결혼선이 앞의 그림처럼 흐릿하고 여러 개가 나 있는 손금을 가진 사람은 백발백중 바람둥이 기질이 강한 사람이다. 이런 손금을 가진 사람과 사랑을 하게 되면 좋은 결과보다 상처만 남게 된다.

## 4. 모든 이성에게 다정다감한 사람

금성구가 넓고 오동통하게 살이 올라와 있으며, 앞의 그림처럼 격자 무늬가 표시되어 있는 손금을 가진 사람은 힘이 좋고 이성에게 다정다감하며 호감을 불러일으키는 기질이 강한 사람이다.

::나의 평생 배필은 누구일까?

일반적으로 결혼선은 새끼손가락 아래 부분에서 손바닥 쪽으로 짧게 뻗어나간 선을 말한다. 그런데 결혼선이 태양선 가까이까지 길게 뻗어나가 접근하는 손금은 좋은 상대를 만나는 손금을 나타낸다. 물론 이런 손금을 가진 사람은 결혼생활도 아주 행복할 것이다.

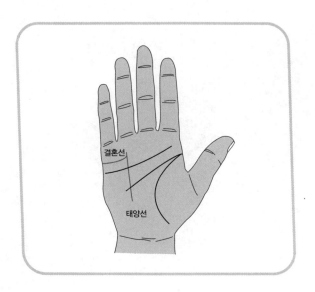

::이루지 못하는 사랑

감정선에서 뻗어나온 지선이 길게 이어지지 못하고 끊겨 있는 손금을 가지고 있으면 이루지 못할 사랑을 하는 기질이 강하게 나타난다.

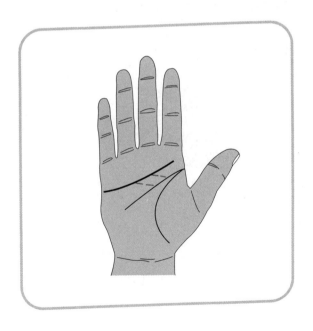

::현모양처 손금

감정선이 길고 끝 부분이 3가닥으로 갈라져 있는 손금을
가지고 있는 사람은 감정이 풍부하고 현모양처 기질이
강하게 나타난다.

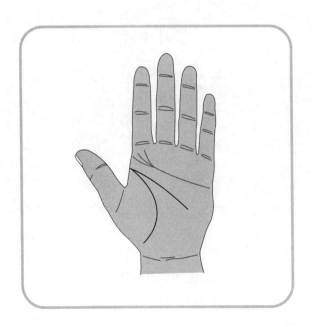

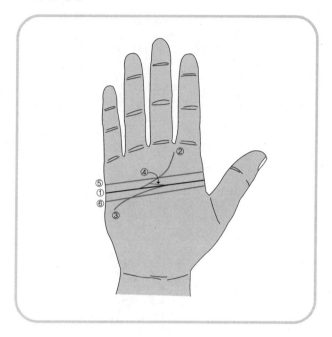

감정선과 지능선이 하나로 연결되어 손바닥 중앙을 가로
지르는 선을 막쥔선, 또는 막쥔 손금이라고 부른다. 이런
손금을 '원숭이 선' 또는 '원숭이 손금'이라고도 부른다.

그러나 2번 선의 감정선과 3번 선처럼 두뇌선이 있고 4
번의 선이 연결된 손금은 막쥔 손금이 아니다.

1, 5, 6번처럼 감정선과 두뇌선이 구별되지 않고 하나로
연결된 손금이 막쥔 손금이며, 이 손금은 감정선이 두뇌
선에 겹쳤느냐, 두뇌선이 감정선에 겹쳤느냐의 차이이다.

이런 손금을 가진 사람은 집착력이 강하고 열정적이고
격렬한 성격이며, 때로는 반항심도 있으나 불가사의한
매력도 가지고 있다. 이런 사람은 경제 감각이 뛰어나지
만 반대로 인색한 기질을 보이기도 한다. 막쥔 손금을 무
조건 좋게 보는 경우도 있지만 이것은 잘못된 판단이다.
아무리 막쥔 손금을 가지고 있다고 하더라도 다른 손금
들과 조화를 이루어야 크게 성공할 수 있다.

## ::부동산 투자로 큰 돈을 벌수 있는 손금

손목 부분에 3갈래 굵은 선이 가로질러 있는 것을 수경
선이라 한다(①번). 3개의 선이 분명하면 건강하고 운세
가 좋다는 표시이다. 부동산이나 땅으로 크게 성공하는
사람은 그림처럼 수경선이 뚜렷하고, V자 형태의 무늬
가 있으며(②번), 월구와 금성구 부분이 도톰하게 발달
되어 있고(③번), 약지(넷째손가락) 뿌리 부분이 그림처럼
선명한 손금을 가지고 있다(④번).

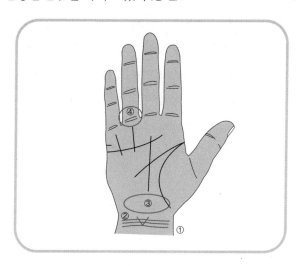

::투기를 잘 할 손금

투기를 잘 하거나 투기에 빠지는 손금은 그림처럼 약지 (넷째손가락)가 평균보다 길고, 약지손가락의 둘째 마디에 내 천(川) 자 무늬가 있으며, 태양구가 발달되어 있고 태양선이 뚜렷하게 나타난다. 이런 손금은 ④번처럼 재운선이 분명하게 보인다.

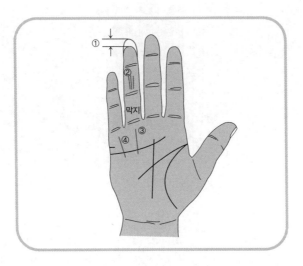

125

::장사해서 돈을 많이 버는 손금

그림의 1번처럼 상재선이 뚜렷하고 선명한 손금을 가지고 있고, 2번처럼 운명선에서 뻗어나온 지선이 새끼손가락 아래 부분 언덕인 수성구를 향해 뚜렷한 선을 나타내고 있는 손금을 가진 사람은 사업이나 장사를 해서 돈도 많이 버는 등 성공할 수 있다.

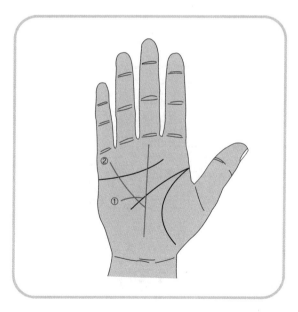

::좋은 이성을 만나는 손금

결혼선이 태양선 가까이까지 뻗어나간 긴 선을 가지고
있는 사람은 좋은 이성을 만나 화려하고 소문난 결혼을
하게 되는 손금을 가지고 있는 것이다.

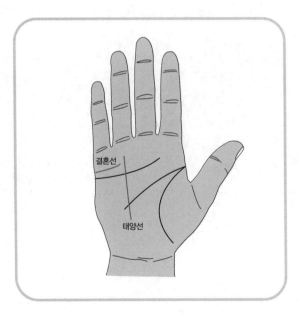

::이상형의 연인

감정선의 끝 부분이 그림처럼 3갈래로 갈라져 있어서 감정이 매우 풍부하며 현모양처형이고, 제2 화성구가 발달한 손금은 인내심이 강하다는 것을 나타내며, 어려운 난관도 잘 참아낼 줄 알고, 월구가 발달한 것은 모성애가 강하다는 것을 나타내는 손금이다. 이런 손금을 가진 사람은 이상적인 연인이 될 손금을 가지고 있는 것이다.

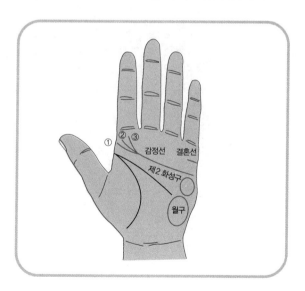

## :: 연하의 연인과 결혼할 손금

결혼선에서 그림처럼 기준이 되는 결혼선 아래에 나란히 2~3개의 선이 있는 손금을 가지고 있는 사람은 연하의 연인과 결혼할 확률이 높다.

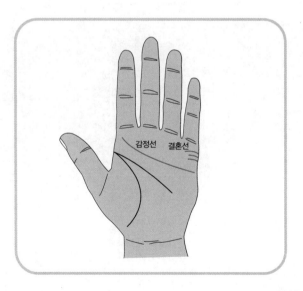

감정선  결혼선

::연상의 연인과 결혼할 손금

결혼선에서 기준이 되는 결혼선 위쪽으로 짧은 선이 나
란히 2~3개가 나 있고, 두뇌선이 시작되는 부분이 머리
를 들고 있으며, 제1 화성구가 탐스럽고 탄력이 있는 손
금을 가지고 있는 사람은 열 살 이상의 연상과 결혼할 기
질이 강하다.

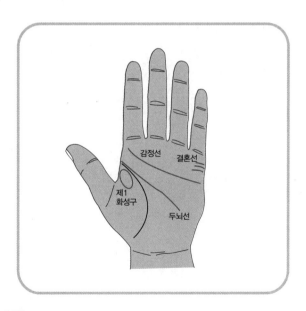

## ::일찍 결혼하는 손금

감정선과 새끼손가락 사이에 생기는 짧은 선이 결혼에 관련된 손금인데, 그림처럼 감정선 바로 위에 결혼선이 위치하고 있는 경우, 즉 감정선과 결혼선 사이의 간격이 좁은 손금을 가지고 있는 사람은 일반적인 결혼 연령보다 일찍 결혼할 확률이 높다.

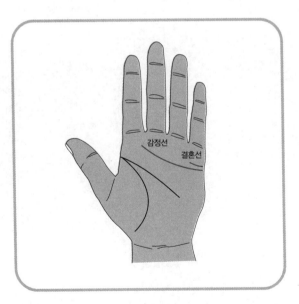

::사랑의 기술이 뛰어난 손금

생명선과 두뇌선이 출발 지점부터 많이 붙어 있는 손금
은 사랑의 기술이 뛰어난 손금이다. 사랑의 기술이 능수
능란하지는 않지만 상대방에게 끌려다니는 기질이 아니
고 자신이 이끌어갈 정도로 사랑의 열정이 뛰어날 확률
이 높다.

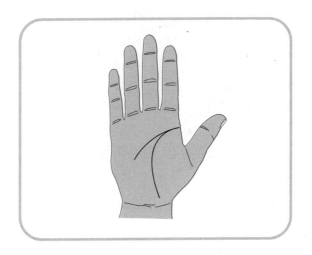

## ::사려 깊은 사랑을 하는 손금

생명선과 두뇌선이 출발 지점이 동일하여 붙어서 출발하는데 약간만 붙어 있는 손금은 사랑을 할 때도 지적이고 사려 깊은 성품을 갖고 있다. 사랑을 할 때도 상대방의 표정과 행동을 잘 살필 줄 알고 항상 상대에 대한 배려를 잊지 않는 자상함을 보이기도 한다. 로맨틱한 사랑을 추구하는 기질을 갖고 있으며, 이런 손금을 가진 사람이 여자라면 남자친구는 무조건 사랑에 빠져도 될 것이다.

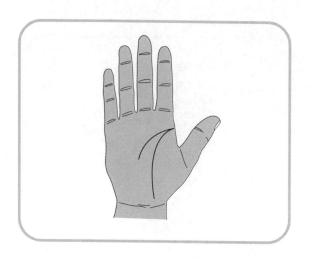

## ::자유분방한 사랑을 하는 손금

생명선과 두뇌선이 출발 지점부터 붙지 않고 떨어져서 출발하여 뻗어나간 손금은 사랑이 없는 성행위도 마다하지 않는 자유분방한 기질을 나타내는 손금이다. 이런 손금을 가진 사람은 사랑을 할 때도 로맨틱한 사랑보다는 격정적인 사랑을 하는 경우가 많다.

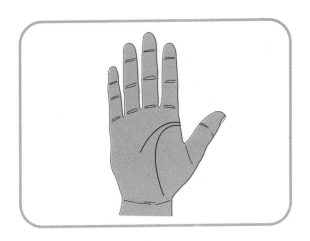

## ::환상적인 사랑을 하는 손금

두뇌선은 일반적으로 엄지손가락과 검지손가락 사이에
서 출발하여 손바닥을 가로질로 난 선을 말하는데, 그림
처럼 생명선과 비슷한게 아주 길게 손목쪽으로 뻗어나
간 손금은 환상적인 사랑을 추구하는 기질이 강한 손금
이다. 여러 명의 애인도 만나는 것을 마다하지 않다 보니
바람둥이라는 말을 듣게 된다. 이런 손금을 가진 사람은
한 사람에게 만족하지 못하는 경우가 많기 때문에 자기
자신을 잘 컨트롤할 수 있는 방법을 찾아야 할 것이다.

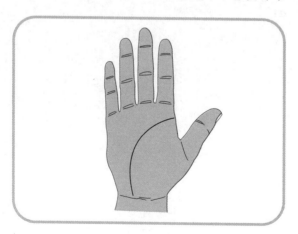

::남의 시선을 의식한 사랑을 하는 손금

감정선이 가운뎃손가락 방향으로 뻗어나간 손금은 사랑을 할 때도 남의 시선을 의식하는 경향이 강한 기질을 갖고 있다. 이런 손금을 가진 사람은 사랑보다는 남이 보기에 번듯한 사람을 선택하는 성향이 강하다.

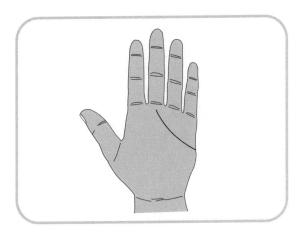

::사랑보다 일상사에 관심이 많은 손금

그림처럼 감정선이 넷째손가락에서 둘째손가락 아래 부
분으로 둥글게 손금이 나타난 경우는 남자친구가 언제
생길까, 어디서 어떻게 만날까 하는 것보다 다양한 일상
의 고민에 더 관심을 기울이는 성향이 강하다. 이런 손금
을 가진 사람은 사랑을 위해 노심초사하지 않아도 때가
되면 사랑도 하게 될 거라고 믿는 경향이 있다.

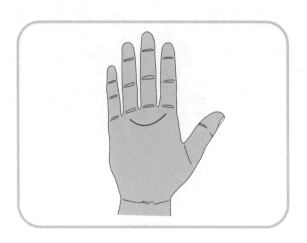

## ::진실한 사랑만 하겠다는 손금

감정선이 손바닥을 가로질로 길게 휘어진 손금은 남자와의 관계에서 진실한 사랑만을 원하는 로맨티스트 성향이 강하다. 이런 손금을 가진 사람은 사랑에 대해서 로미오와 줄리엣같이 서로의 영혼을 송두리째 뒤흔드는 불꽃 같은 사랑을 꿈꾼다. 그러나 무조건 내가 좋다고 덤비는 남자에게 넘어갈 수 있으니 경계해야 한다.

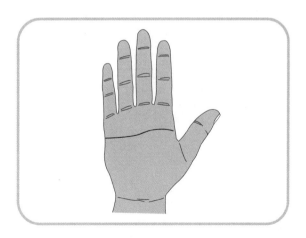

## ::행복한 사랑을 하는 손금

감정선이 둘째손가락 바로 아래로 뻗어나가는 손금은 사귀는 사람과 행복한 시간을 보낼 수 있는 기질을 갖고 있다. 사랑을 할 때도 행복한 사랑을 하고, 심지어 이별을 하게 되어도 지적이고 현명하게 대응할 줄 아는 손금이다.

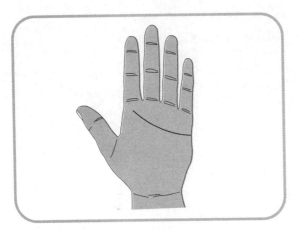

## ::여우 같은 사랑을 하는 손금

감정선이 반듯하고 곧게 뻗어나가는 것이 아니라 그림처럼 구분구불하게 지나가는 손금은 아주 사랑스러운 여우 같은 기질을 갖고 있을 것이다. 이런 손금을 가진 사람은 사랑의 감정이란 언제 어디서 어떤 형태로 나올지 알 수 없는 것이라고 생각하는 경향이 있다. 이별을 해도 그다지 마음쓰지 않고 사랑의 감정은 이리저리 옮기는 것이라고 생각하기 때문에 마음의 상처는 심하게 받지 않는다.

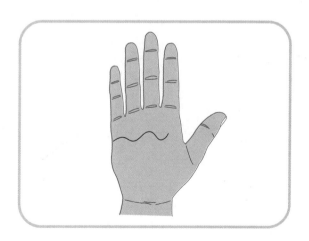

::사랑의 실연에 빠질 손금

감정선이 반듯하고 곧게 뻗어나가지 못하고 그림처럼 끊어진 선들로 이어지는 손금은 사랑하는 사람과 헤어지기라도 하면 최소한 2, 3일은 식음을 전폐하고, 한동안 우울한 상태로 지내는 성향이 강하다. 이런 손금을 가진 사람은 사랑 때문에 마음의 상처를 입기 쉬우니 인생이 한 가지 모양이 아닌 것처럼 일시적인 연애의 실패쯤은 꿋꿋하게 극복할 수 있다는 것을 잊지 말아야 한다.

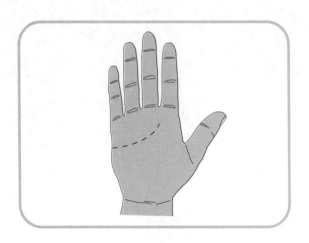

## ::행복한 결혼을 할 손금

결혼선이 깊고 선명하게 나타나 있고 중간에 끊어진 곳이 없으며 색은 붉은 색을 띠고 있는 손금은 사랑하는 사람과 행복한 가정생활을 할 수 있는 것을 나타낸다. 물론 여기에 감정선도 굵고 반듯하게 이어져 있으면 행복한 결혼을 하게 되는 것이다.

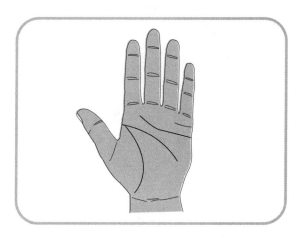

## ::좋은 결혼을 하게 될 손금

결혼선이 뚜렷하며 분명하게 나타나 있고 결혼선의 끝 부분이 태양선과 합해지는 손금은 좋은 결혼을 하게 될 손금에 해당된다. 만약 감정선이 목성구 방향으로 뻗어 있으면 지위와 명예가 따르는 결혼을 하는 것을 의미한 다. 게다가 월구에서 시작하는 가는 지선이 운명선에 합 쳐져 있는 손금도 이렇게 말할 수 있다. 이런 손금을 가 지고 있으면 연애도 잘 될 것이고, 그 사람과 행복한 결 혼 생활을 보낼 수 있을 것이다.

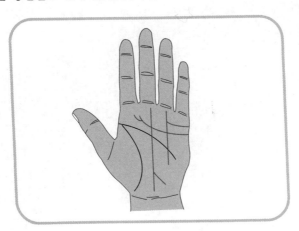

## ::결혼을 늦게 할 손금

결혼선이 짧고 앞으로 뻗어나가지 못하고 심하게 새끼
손가락 쪽으로 구부러져 있는 손금은 결혼을 늦게 할 확
률이 높다는 뜻이다. 이런 손금을 가진 사람은 결혼이 늦
어지는 것을 나타내고, 또는 결혼을 전혀 안하거나 아주
늦게 결혼할 가능성이 높다.

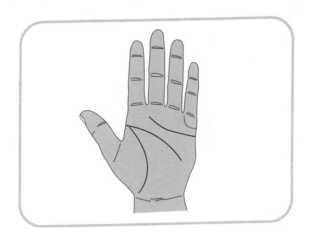

## ::두 번 결혼할 손금

결혼선이 두 개가 동일하게 나 있는 손금인데, 길이도 비슷하고 깊게 두 개가 나타나는 손금은 두 번 결혼할 확률이 높다. 이런 손금을 가지 사람은 연애를 할 때도 양쪽에 사람을 두고 어느 쪽과 결혼할지 고민하기도 하고, 또는 한 번 결혼하였다가 나중에 다시 다른 사람과 결혼한다는 것을 나타내기도 한다. 그러므로 운명선까지 잘 살펴보고 주의해서 잘 판단해야 한다.

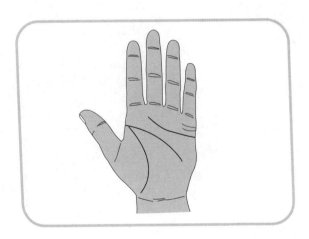

::이혼할 확률이 높은 손금

결혼선에서 갈라진 지선이 엄지손가락 아래쪽 언덕을 향해 뻗어가면서 생명선을 가로질러 지나가는 손금을 가진 사람은 원만한 결혼 생활이 어렵고 이혼할 확률이 높은 기질을 갖고 있다.

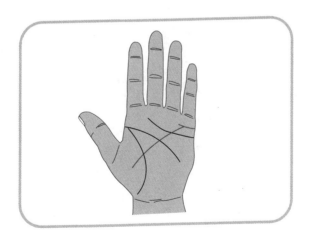

::항상 활기가 넘치는 정열가의 손금

감정선이 바른 위치와 좋은 선의 상태를 나타내는 손금은 쾌활하고 정직하며 명랑한 성격의 기질이 강하게 나타나며, 감정도 풍부한 사람이다. 또 이 감정선이 두뇌선에 비하여 뛰어나 있는 손금을 가진 사람은 비상한 정열가의 손금이다. 특히 연애를 할 때 다른 것을 돌보지 않는 타입의 사람에게 많이 볼 수 있는 손금이다.

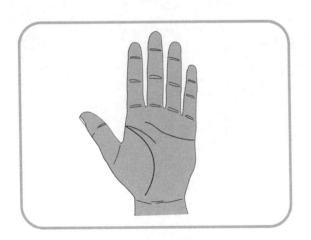

감정선이 그림처럼 잘 뻗어나가다 토성구와 목성구 사
이에서 두 갈래로 갈라진 모양의 손금을 하면 누구에게
나 호감받을 수 있는 다정다감한 성향이 강한 성품을 갖
게 된다. 이런 손금을 가진 사람은 진실성이 있는 대단히
좋은 성격을 나타내고, 누구에게나 호감을 받고 명랑한
기질과 풍부한 애정을 가진 사람이다. 이런 손금의 사람
은 윗사람의 사랑도 받고 아랫사람의 존경도 받으며, 가
정운도 대단히 좋은 것을 나타낸다.

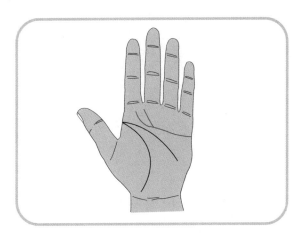

## ::활기 넘치고 생활력이 강한 손금

그림처럼 감정선 위 또는 아래에 한 가닥의 감정선이 더 나타나는 손금을 가리켜 '2중감정선'이라고 부른다. 또한 감정선 위에 나타내는 2중감정선은 금성구와 혼동되기 쉬우니 위치를 잘 보고 판단하여야 한다. 이런 2중감정선을 가지고 있는 사람은 생활에서 활기가 넘치고 원기 왕성하여 어떠한 고난에 부딪쳐도 그것을 극복하는 강한 의지와 깊은 정열을 가진 사람이며 생활력이 강한 기질을 나타낸다.

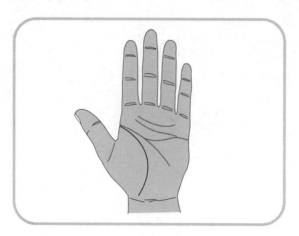

## ::물질 욕심이 강한 손금

감정선이 새끼손가락 근처에서 끊어져 있는 손금은 정신적인 면보다 물질적인 면을 중요하게 보는 성향이 강한 손금이다. 이런 손금을 가진 사람은 이상적이고 추상적인 말보다는 지금 당장 눈 앞에 보이는 현실과 결과물을 중요시 여긴다. 금전욕, 물욕에 매력을 느끼기 때문에 때로는 애정 관계도 물질욕에 의해 변할 수 있으니 스스로 자제하는 노력을 하여야 한다.

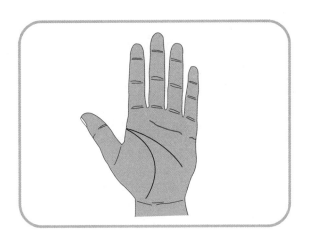

## ::항상 낭만을 주장하는 손금

감정선이 새끼손가락의 아래쪽에서 시작하지 않고 무명지의 붙은 곳(태양구)에서 시작하여 약간 반원형을 그리면서 목성구 쪽으로 향하는 손금은 꿈과 아름다움에 강한 애정을 쏟는 경향이 강하다. 이런 사람은 주위에 항상 아름다운 것들이 가득차야 만족하는 성향이 강하고, 그러다 보니 내적인 아름다움도 중요하지만 겉으로 드러나는 아름다움도 무시하지 못하는 경향이 강하고, 우아한 성격이면서도 사치스러운 성격이 나타난다.

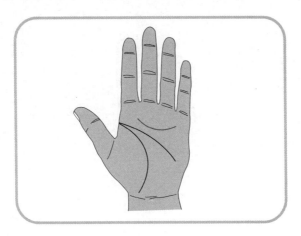

## ::독립적이고 성공하는 손금

두뇌선의 출발 지점이 그림처럼 생명선에서 약간 떨어져서 출발하는 손금은 매우 독립심이 강한 활동적인 기질이 강하다. 이런 손금은 머리가 비상하고 결단력이 강하고 실천력 또한 매우 빠른 사람에게서 나타난다. 두뇌선이 뻗어나가는 방향이 곧바로 되어 있는 것은 전술의 성격이 더욱 강조된다. 생각하는 것이 대단히 이성적이고 독립심과 실행력이 매우 강해 무슨 일이든 성공하겠다는 의지가 강한 손금이다.

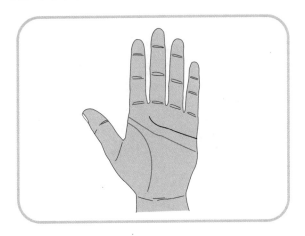

::대성공하는 손금

두뇌선에서 뻗어나온 선이 끝 부분에서 두 갈래로 갈라져 무명지의 맨 밑으로 향하는데 태양구를 향해 위로 뻗은 손금은 태양선과 같은 의미를 나타낸다. 이런 손금은 지혜와 활동력에 의하여 큰 재물을 얻을 수 있는 기질이 강하다. 만일 수성구 쪽에 재운선이 나타나 있으면 그것은 한층 더 성공이 확실하다는 것을 나타낸다.

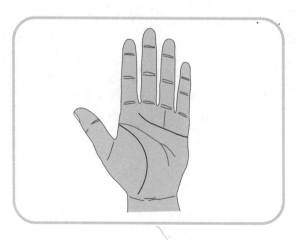

## ::다재다능한 손금

두뇌선의 끝 부분이 제2 화성구에서 3갈래로 갈라져 각
각 수성의 아래쪽, 월구의 중부, 월구의 아래쪽으로 갈라
지는 손금은 다재다능한 기질이 강하다. 이런 손금은 상
식과 상상, 사업, 예술을 아울러 가지고 있고, 뛰어난 지
능을 나타낸다. 재주도 많고 능력도 뛰어나 크게 성공할
수 있는 손금이다. 이런 손금을 가진 사람이 태양선과 운
명선까지 좋으면 굉장한 인기와 명성을 얻게 되고, 물질
적으로도 성공할 수 있다.

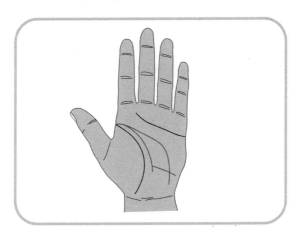

::행복하고 원만한 삶을 살아갈 손금

태양선이 한 줄이 아닌 2중선으로 곧게 뻗어나간 손금은 주위 사람들로부터 신망이 두터워 편안한 인생을 살아갈 확률이 높다. 이런 손금을 가진 사람은 함께 있는 사람들로부터 믿음을 잃지 않고 명성과 신용을 얻어 성실하게 살아온 사람들로 큰 탈 없이 원만하고 행복한 생애를 지내게 된다.

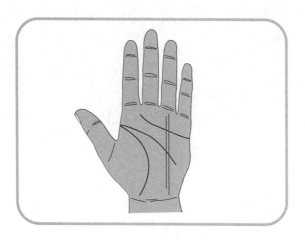

::재물과 명예, 권위를 잡을 손금

태양선이 곧고 반듯하게 나 있고 중간에 지선이 나와 둘째손가락 방향으로 뻗어나간 손금은 재물과 명예를 동시에 거머쥘 수 있고, 권위까지도 높아지는 성향이 강한 손금이다. 이런 손금은 대단히 운세가 좋으며, 명성과 신용을 얻고 그 위에 지배력까지 갖게 되고 권위도 동시에 얻을 수 있는 대길할 운세가 있는 손금이며, 부와 명예, 지위의 3박자를 갖춘 손금이다.

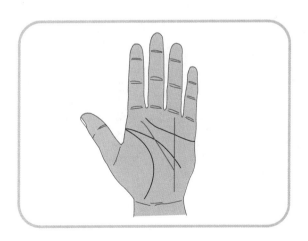

## ::큰 위기를 벗어날 수 있는 손금

태양선이 곧고 반듯하게 뻗어나가다가 넷째손가락에 거의 다가가는 곳에 사각형의 기호가 나타날 때가 있다. 이런 손금은 그 사람의 운세에 큰 변화가 있는 것을 나타내며, 명예나 지위를 잃을 정도의 큰 위기를 맞게 되지만 결국 위기로부터 벗어날 수 있다는 것을 뜻한다.

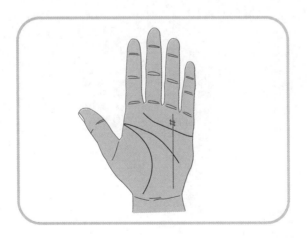

:: 사랑하는 연인을 만나는 손금

그림처럼 감정선 끝 부분에 그동안 보지 못했던 곱고 밝은 지선이 여러 갈래 생긴다면 곧 애인을 만난다는 징조이다. 그리고 약지나 엄지손톱에 하얀 반점이 생기면 사랑하는 애인을 만난다는 확실한 증거이다. 한 가지 주의해야 할 것은 손톱의 반점이 반드시 한 개여야 한다. 여러 개의 반점이 나타난다면 이것은 건강 상태가 좋지 않아 나타나는 것으로 풀이된다.

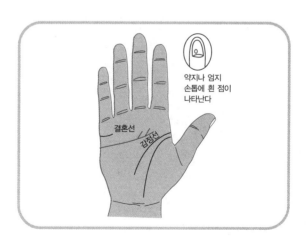

약지나 엄지
손톱에 흰 점이
나타난다

결혼선

감정선

::손금으로 확인하는 나의 결혼 시기

결혼선의 위치로 결혼 시기를 예측할 수 있다. ①번 결혼선은 수성구 가운데에 위치한 것으로 결혼 시기는 25세쯤이다. 이를 기준으로 위에 결혼선이 있으면 늦게 결혼하고, 아래에 있으면 일찍 결혼한다. ②번 선은 태양선이며 뚜렷할수록 좋은데, ③번 선처럼 결혼선이 태양선까지 닿으면 훌륭한 배우자를 만날 것이다. ④번처럼 위로 올라간 결혼선은 고집이 세서 고독하게 살 가능성이 있고, ⑤번 선은 배우자와 떨어져 살게 되는 손금이다.

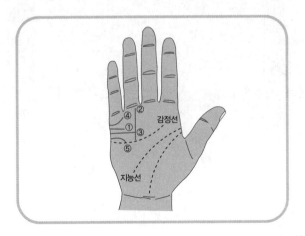

::손에 나타나는 각 기관들을 알아보자.

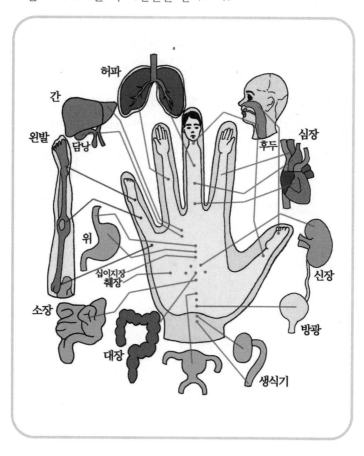